ライブラリア
本が読めるだけのスキルは無能ですか
1
南の月
ill.
HIROKAZU

CONTENTS

✴ プロローグ

黒髪の女の子が制服を着て歩いている。

行く先は、職員室。彼女が先生に手渡しているのは退部届だ。

あれは……わたし？

家に帰った私は、漫画を読んでいる。バスケットボールの漫画を。

漫画の主人公たちは、早朝に走り込みをしたり、部活後も残って一人シュートの練習をしたり、上手くなるために努力を惜しまない。

それなのに私は……。


唐突にその時の私の気持ちを思い出した。そうだった。

病気で何日も部活に行けなくなって、なんだか自分だけ置いてけぼりになった気がして、久しぶりに行くのはちょっと勇気が出なくて、それで一日、また一日と休んでしまった。

もともと運動音痴だったから、お荷物なんじゃないかと思っていたのもあって、気後れしているうちに、休みの日ばかりが増えていって。

ますますどんな顔で復帰したらいいのかわからなくなって、退部しちゃったんだ。

要するに、逃げたのだ。頑張ることから。

けれど漫画の中のみんなは決して逃げなかった。

それを羨ましいと思いながら、私ももっと頑張っていたら、あきらめていなかったら、この子たちと同じ景色が見られたのかもしれないと後悔した。

これがすべての始まりだった。

後悔したのなら、それから別のことに打ち込めばよかった。

勉強でも、他のスポーツでも、音楽でも、料理でも、恋でも何でもいい。

何でもいいから、好きなことを見つけて、夢中になって、必死に努力すればよかった。

だけど私はそうしなかった。

何に対しても自分から動くことなく、ただ待つばかり。

言われたことをやる。ただそれだけだ。

必死に努力しているのを見られるのが恥ずかしかったし、努力してもできなかったらと思うと怖かった。

そうやって一歩も踏み出すことがないまま、普通の大人になって、なんでもない一生を終えた。

結局、あの青春漫画のようなキラキラした世界を切望していたくせに、私の人生は「やればできる」と言い訳出来る状況に最後まで逃げ込んだままだった。

ただ待っているだけで見つかるわけがないのにね。

✴

目が覚めた。今のはなんだったの？

ゆ……め？　いや、夢にしてはあまりにリアルで。

自然にあの子が自分だって思えた。

夢の中の私は黒髪黒目の少女。

今の私の髪はダークブロンド、瞳は一見暗めに見えるけれど本当は深い紫色だ。

だから陽の光に当たると、キラッと紫に光って見える。

重くて、暗くてパッとしないけど、光に反射する紫はちょっと気に入っている。

色味は似ているが、夢の彼女とは目鼻立ちも肌の色も何もかも違う。

それに、話している言葉だって、住んでいる世界だって違ったけれど、あの子は私だと思ったの。

こういうのを前世というのかな？


のどが渇いた。

取りあえず何か飲み物を取りに行こうとベッドから出るが、足に力が入らない。

ふらつき、手をついた先には花瓶があった。

パリン。

その音で侍女のメリンダが飛んできた。

メリンダは「よかったよかった」と泣きそうになりながら、飲み物の準備と母様たちへの報告に行った。

マティス母様からは案の定しっかり怒られた。

「心配かけてごめんなさい」

「わかったならいいのよ。もう！　心配させないでちょうだい。でも今回のことでお父様からもお話がありますからね。６歳のあなたには難しいかもしれないけれど、しっかりお父様のお話を聞いて、これからどうしたらいいか考えなさい。わからないことや悩んだ時はいつだってお母様が話を聞いてあげますからね」


そうか。私はまだ6歳だった。

なんだか前世を夢見たからかすっかり大人だと思っていた。

夢で見たのはまだ中学生くらいの時なのだけど、たしかに私は大人だった。

いや、何言っているんだ。私は6歳だ。

記憶がないのは前世の方だから今の人生には不都合はないけれど、少し変な気分だ。

とにかく。前世の記憶は中学の一部分しかないが、私は大人だったと思う。

だって夢で見たエピソードは中学生だったけれど、努力しなかったことへの後悔はもっと大人になった私の後悔だったから。

覚えていないけど、もっといっぱいあるのかもしれない。

ううん。きっとある。

「もっと頑張ればよかった」「諦めなければよかった」「あの時ああしていれば……」っていう後悔がね。


せっかく後悔を思い出したのだ。

今度こそ後悔しないよう、努力してみよう。

思い出してよかった。

第一章 ✴ ただ本が読めるだけ

なんで私が前世を思い出したかと言うと、それは数日前のスキル鑑定にさかのぼる。

トリフォニア王国では、全国民が6歳になったらスキル鑑定をすることになっている。

そのためスキル鑑定をする協会は、月に1度スキル鑑定日を設けており、その日は貴族も平民もその月に生まれた6歳児が集まるのだ。

ここで特別なスキルであったり、強いスキルがあることがわかると平民でも王都の魔法学園に通えたり、結婚相手を見つけるのも苦労しない。

スキルさえ良ければ、どんな夢だって叶えられると言っても過言でないほど、スキルは重要だ。

それにスキル鑑定は、自分のスキルを知るだけでない。

そもそも鑑定を受けなければ魔法が使えないので、そういう意味でも重要なのだ。

教会では鑑定具の補助を受けてスキルを発動させる。

鑑定具を使うのは、まだ6歳になったばかりの子が自力でスキルを発動させられることはないからだ。

子供たちは鑑定具の補助を受けて火を出したり、水を出したりする。

何も出ない子もいる。

そういう子はジャンプしてみるとすごく高く飛べたり、植物の種を持たせると発芽したり、怪我を治せたりする。

私は本を一瞬出しただけだった。

文庫本くらいのサイズで、カバーも何もない簡素な本だ。

本……というかノート？

鑑定士によれば、〈ライブラリアン〉と言うスキルだそうだ。

本が読めるらしい。

その後続けて鑑定士が「珍しい」と言ったから、どんなすごいスキルなんだろう？　と期待が膨らんだのだけど、その期待はベルン父様の顔を見た瞬間ものすごいスピードでしぼんでいった。

隣にいた父様は、明らかにショックの表情だったのだ。

よく見渡せば、ヒソヒソと話しながら笑っている大人までいた。

ダメだったのだと、期待外れだったのだとすぐに悟った。

私はこのドレイト男爵領、領主の娘。

領主の娘であるのに、ヒソヒソ笑われるなんてよっぽどだ。

それでも、「本を読むのは好きだから、まぁいいか」とこの時の私は残念なスキルだと薄々は感じながら、大して深刻に捉えていなかった。

6歳だから仕方ないけどね。

家に帰ってきた私は、早速本を読んでみようとした。

というのも、鑑定具でスキルを発動させた感覚を再現することで、徐々にスキルを自力で自在に発動させられるようになるからだ。

だから発動の感覚を忘れぬうちに、スキルを発動しようと思ったのだ。

もちろん初めての魔法を使いたかったというのもある。

ぽんっと紺色の小さな本が出てきた。

よかった。できた。

中身を読んでみる。

ページをめくると1ページ目は何も書かれていない。

その次のページには本のタイトルが10冊並び、その次のページは……空欄だった。

本が読めるってたった10冊か。がっかり。

何気なく、一番上のタイトルを指で追いながら読んでみた。

「は、く、り、ゅ、う、うぃ、す、ぱ、の、ち、い、さ、な、と、も、だ、ち」

ページがパラパラと勝手にめくれ、何も書いてなかったページに絵と文字が浮かぶ。

初めての魔法に初めての物語！

ワクワクした。

早く兄様に読んでもらおうと足は軽く、跳ねるように兄様の部屋へ向かった。

もう一人で文字を読めるようにはなっていたけれど、読むのが遅く、いつも兄様に読んでもらっていたからだ。

三つ上のマリウス兄様は、とても優秀でカッコイイ。

しかも忙しくてもちゃんと絵本を読んでくれる優しくて、自慢の兄様だ。

「お兄様！　これ読んで！」

「こらこらテルミス。走っては危ないよ。どれどれ。何の本かな？」

そう言うと、兄様が固まった。

どうしたんだろう？

「テルミス。これはテルミスのスキルかな？」

「そうなの！　ライブラリアンっていうんだって」

今度は兄様が暗くなった。

「そうか。テルミスはライブラリアンだったんだね。ここには何か書いてあるのかな？　スキルで出した本はね……本人しか読めないんだ。だから、僕は読んであげられない。ごめんね」

え？　見えないの？

「テルミスはもう文字を覚えたよね。自分で頑張って読んでいると今はゆっくりでも段々スムーズに読めるようになるから、今回は自分で頑張って読んでごらん」

がっかりきている私に兄様は頭をポンポンしながら慰めてくれた。

兄様に読んで欲しかったのにな。

自室に戻って、また本を開いた。

読むのは遅いけれど仕方ない。

「ウィスパ、は、さみし、くて……」

「お嬢様、お食事の時間ですよ」

「もり、の、おく、で、ひっそ、り……」

「お嬢様、そろそろお食事ですよ」

「うん。わかった。……な、いていた、とき……」

「お嬢様！　もう皆様ダイニングでお待ちですよ。お嬢様！」

「ちょっと待って。あとちょっと……ウィスパが、そ、ら、をみあげ、ると……」

その後、メリンダが何度も何度も呼びかけても「わかった」「あとちょっと」「ちょっとまって」「後で行く」と上の空で答えたため、最終的に母様にしっかり叱られた。

あとちょっとだったのに！

食後は湯浴みをし、寝る準備を済ませると、ちょっとだけ、あと1ページだけ、あと30分だけ……と心の中で言い訳しながら、本の続きを読んだ。

どんどん夜は更けていった。

次の日起きたのは、10時になる頃だった。

メリンダに何度も起こされて、やっと起きた。最近怒られてばかりだ。

明日からはちゃんとしよう。

そう思っていたのだけど、次の日も、その次の日も、そのまた次の日もちょっとだけ、と読み始めては、夜更かし。

家族に心配かけている罪悪感から、朝はメリンダに無理矢理起こしてもらっている。

そのおかげで寝坊することはなかったが、なかなか夜更かしはやめられなかった。

そんな暮らしが三日続き、どうなったかというと……。

歩きながらうとうと居眠りしてしまい、階段から落っこちた。


それで前世を思い出したってわけ。

✴

「テルミス、このあと時間はあるかい？」

朝食の場で父様に聞かれた。

目が覚めた後、母様から告げられた「お話」があるに違いない。

どんな話になるのだろう？

あまりいい話ではなさそうで、気が重い。

「はい」

「ではあとで執務室に来なさい。お前に話しておかなければならないことがある」

トボトボと執務室へ向かう。

扉の前で、ふーっと息を吐き、覚悟を決めて中に入る。

父様は怒っていなかった。ただ悲しげで、ますます話を聞くのが怖くなってくる。

父様が話してくれたことは、私のスキル〈ライブラリアン〉について。

6歳の私にもわかるようにゆっくり言葉を選びながら、そして真剣に話してくれた。

まずライブラリアンのスキルについては、本が読めるだけ。それ以上でも以下でもない。

ただ、そのスキルに対する世間の見方が悪かった。


曰く。

レアなスキルだが、本が読めるだけで有用性がない。

まず、本ならば図書館に行けば誰でも読めるし、ライブラリアンは読めるだけで、その本を理解できるかどうかは本人の頭脳次第。

さらに言えば、本そのものを見せられないので歩く図書館としても使えない。

すなわち。そんなスキルがない優秀な人の方がよっぽど有用だと。

しかも昔々の王子がライブラリアンだったらしいのだが、本を読んでいる間は呼びかけても反応がなかったり、夜遅くまで本を読み日中の活動に支障が出ていたり、本を読み始めると時間を忘れ、度々会議をすっぽかしたりと随分と自堕落な暮らしをしていたらしい。

結局その王子は、第一王子でありながら民からも貴族からも支持が得られず、弟の第二王子が王になったのだという。

当時は本当に使えないダメな奴、王族にふさわしくないなどと不満が噴出して、大問題になったほど。

ダメな第一王子とは対照的に第二王子は優秀で、人当たりが良く、戦でも戦功をあげる英雄だ。

さらに今のスキル鑑定具の基礎を作った人でもある。

ちなみに鑑定具によるスキル鑑定を義務付けてからは、未だライブラリアンは見つかっていない。

そのため、第一王子の悪評は覆っておらず、ライブラリアンは本ばっかり読んで使えない奴というのが通説なのだ。

第一王子のせいでひどいと思ったけれど、私も自堕落な暮らしに心当たりがありすぎた。

「で、ここからが重要な話だ。ライブラリアンは役に立たない。そういう認識だから、基本的に12歳から入る王立魔法学校には入れないだろう。入学試験でずば抜けて優秀であれば、入学はできるかもしれないが、授業にはスキルを使った模擬戦などもある。本を読むだけのスキルのお前には出来ないことも多いだろう。きっと入学しても単位不足で卒業できまい」

学校には行けないのか。

「そしてもう一つ。貴族の女性にとっての進路は政略結婚が普通だ。もちろん中には女性騎士になって最後まで騎士として人生を歩むものもいる。だが、稀だ。政略結婚の時に重要な条件はわかるかい？」

目を見開いた。

そうだった。スキルは結婚の時も重視されるんだった。

父様によると、政治的な立場とか、お金とかも大事だが、貴族にとって血というのはとても大事らしい。

だからこそ少しでも良いスキルを持つものを取り入れようとするし、良いスキル以外は避けようとする。

つまり、ライブラリアンに需要はない。

学校も行けない。結婚もできない。どうすれば？

私はまだ6歳。この世界のことについては全くの未知だ。

知らないことを知ったかぶりするのは簡単。

でも知ったかぶりでは学べない。成長できない。行動を起こせない。

無知だと認めて教えを乞わなきゃ先には進めない。

「お父様。教えてください。学校も結婚も厳しいとなれば、どうすればいいでしょう？」

父様は少し考え、ゆっくりと話し始めた。

「結婚は誰でもいいから絶対したいということならばできないことはない。6歳のお前に話すことではないけれど、世の中には若い女の子なら誰でもいいという人はいるからね。けれど、私も母様もこの道には進んでほしくない。結婚しても、相手はあまりいいお相手ではない可能性が高いからだ。貴族は政略結婚が当たり前だが、自分の娘が不幸になるとわかっている相手には大事な娘を送り出したくないからね」

仕事についても厳しかった。稼ぎが良い職場は学歴が必要な場合が多いのだ。

つまり学校を卒業できない私は、結婚しなくても暮らせるくらい稼ぐのは難しいということだ。

思った以上に貴族人生の未来が暗かった。

気落ちした私を見て、父様も眉を下げている。

「本当はお前にここまで話すべきか迷ったが、厳しい状況を理解した上で、自分のこれからを考えてほしいのだ。世間一般的には女子の幸せは結婚だと言われているから、結婚せずに働けば、お前は肩身の狭い思いをするだろう。たとえお前を愛してくださる方と結婚できたとしても、きっと嫁ぎ先や社交界ではスキルのことでとやかく言われるはずだ」

向かいに座っていたはずの父様がいつの間にか横に来てくれていた。

うつむく私の背中をさすってくれる。

今、私はどんな顔をしているのだろうか。

「今のような暮らしは無理だが、平民となって平民の家に嫁ぐのも幸せかもしれん。平民ならあまりスキルの良し悪しを結婚の条件にしないからな。だが、平民になるのはよく考えるのだ。平民の立場は低い。彼らに、いざという時に自分を守る術はない。それに貴族から平民へは簡単になれるが、平民から貴族へなるのはかなり難しいからな」

何が私にとって最善かわからなかったと。

まだ6歳だというのにこんな現実を話してしまって悪かったと。

そう言って父様は私を抱きしめた。

父様と話して、自分のこれからのことばかり考えている。

父様が勝手に私の幸せを推《お》し量《はか》って決めてしまう方でなくてよかった。

貴族なら政略結婚が普通なのだから、父様が行けといえば、どこかの変態爺の後妻としてでも嫁がねばならない身だというのに。

いい親に恵まれた。

父様は、私を愛してくれる方との結婚についても話してくれたけれど、この可能性に賭けるのは危険だ。

不細工だとは思わないが、どん底の状態を挽回するほどの美女でないことくらいわかっている。

私のような髪も瞳も暗い女性よりもマティス母様のように明るい色味の女性の方が人気なのだ。

母様の髪は本当に素敵。

透明感あふれる明るい藤色の髪がサラサラと肩に流れて、アメジストのような瞳もキラキラで。

ちなみに兄様も素敵だ。

母様譲りのサラサラヘアで、母様よりもさらに明るくなった紫色。もはやシルバーと言って過言でない。

母様の父様……つまり祖父様が銀髪だったみたいでとても似ているんだとか。

瞳は父様と同じダークブラウン。

ん？　ベルン父様？

父様はくるくる癖毛のダークブラウンの髪の毛に同じくダークブラウンの瞳。

これ言うと怒られるけれど、大きな犬みたい。

とにかく、そういうわけで白馬の王子様案は却下。

もちろん変態爺に嫁ぐのも嫌だから、結婚はあきらめよう。

とすると、仕事だ。

仕事に生きる。それがいい。

将来貴族のままなのか、平民になるのかわからないが、平民になったとしても、できることならやっぱりある程度の文化レベルを保った暮らしをしたいと思う。

生まれて6年間ずっと貴族だったし、前世は貴族制がない世界だったけど、文化レベルが高かったのだから、急に平民の暮らしは無理だ。

6歳の私に何ができるかなんてわからない。

だが、せっかく早めにどん底の未来がわかったのだ。

なんとかどん底から這い上がってやろうじゃないか。

✴

這い上がると言っても、何からやったらいいものか。

そう頭の中でうんうんと悩んだり、本を読んだりして、なんとなく過ごしていると、あっと言う間にひと月経ってしまっていた。

一体私は何をしていたんだろう。ただ悩んで足踏みしていただけだ。

このままだと前世と同じように、なんとなく日々を過ごし、なんとなく生を終えてしまう。

悩んでいたって未来は変わらない。

行動しないと意味がないのに。

まずはこの怠けきった性根をなんとかしないと。

計画を立てて、ダラダラした生活をやめよう。

平民になる可能性もあるのなら、掃除や洗濯の手伝いをしようか。

予行演習にもなるし、掃除と洗濯をすれば、きっと体力もつくだろう。

あとは、文字もスラスラと読めるようにライブラリアンにあった絵本を音読して、あとは、あとは……。

「お嬢様、どうかなさったのですか？」

私が机に向かってうんうん唸っていると、メリンダが声をかけてきた。

そうよ！　メリンダに手伝ってもらえないだろうか？

怠け者の私のこと。

今日一生懸命計画を立てたところで、三日坊主になるのは目に見えている。

できていない時に注意してくれる人がいないと。

情け無いけれど、意志の力でどうにかできるものではないのだ。

私の怠け者パワーは。

「メリンダ。あのね。お願いがあるの。私のスキルのことは知っているでしょう。将来何になるかはわからないけれど、知識は裏切らないから勉強を頑張ろうと思うの」

「それはいいことですね。お嬢様」

「でもね……ちょっと問題があって」

「問題？」

恥ずかしくて、少し早口になりながら答える。

「あのね……あの……私とっても怠け者なのよ。最初はやる気もあるんだけど、途中でめんどくさくなって、怠けちゃうの。今日くらいいいか。とおやすみしたら、今日もまぁいいかになって、明日こそやろう。明日からやろうって言い訳しながらどんどんサボってしまうの」

ドキドキしながらした私の怠け者告白をメリンダは優しく受け止めてくれた。

「お嬢様は6歳ですもの。完璧にできなくて当たり前ですわ。大人だって、仕事として決められていることはみんなちゃんとしていますけど、自分で自分の成長のために努力を重ねられる人は少ないのです」

それでも、私はもう嫌だ。

大人になって、もっと頑張ればよかったと後悔するのは。

メリンダが手伝ってくれるというので、メリンダに今考えている計画表を見せてみた。

「まぁもうこんなに考えられて！」と言っていたメリンダの顔が少し曇る。

何かと思っていれば、ついで出てきた言葉に固まった。

「この計画のまま実行するのなら私は手伝いたくありません」

え？

未だ混乱する私にメリンダは膝をつき、手を握る。

「確かにお勉強は大事なことです。けれどまだお嬢様は6歳。こんなにも詰め込んでしまったら、過労で倒れてしまいます。それに私はお嬢様に未来だけではなく今も幸せでいてほしいのです。朝から晩まで勉強と労働で楽しいでしょうか。人生には遊びだって必要なのです。お嬢様は何か好きなこと、やりたいことはございますか？」

なにがしたいかなんて考えたこともなかった。

父様から話を聞いて、無知なら教えを乞えばいいと人生の道筋を教えてもらって、その中から無難な方向に進もうとしていただけだ。

「私は……何がしたいか分かりません。でもいいのかしら？　領主の娘として、領地のための政略結婚も満足に果たせない私が、役立たずの私が、したいことをするなんて。そんなの領民だって……迷惑なだけでしょう？」

情けなくて、怖くて、尻つぼみにぼそぼそとつぶやくように話す。

「お嬢様。領民を一番に考えられるのは、とても立派なことでございます。しかし、人は自分に余裕がないと人のことを考えられないものなのです。つまりお嬢様が幸せになって初めて、お嬢様は本当の意味で周りの人に手を差し伸べられるのです」

「私の幸せが先なの……？」

「そうです。きっとあるはずです。お嬢様の幸せを捨てずに領地に貢献する方法が。幸いまだお嬢様が大人になるまでに時間はたっぷりあるのですから、探してみましょう」

確かにそうかもしれない。今の私は、領民の迷惑と言いつつ、自分のことばかりだった。

それにこれでは前世と同じではないか。

なんとなく無難な方へ無難な方へと消極的に生きたって、あのキラキラな世界にはたどり着くことなんてできないのに。

教えてくれたことに感謝すると、彼女は手に力を込めて笑った。

「何度も言いますが、お嬢様はまだ6歳なのですから。本当はよく食べ、よく動き、よく眠りさえすれば、何も考えず、楽しく暮らしていい年頃なんですからね」

そうメリンダは言ってくれるが、今頑張らなかったら、きっとそのまま大人になって後悔する。

今できない人は、いつになってもできないって知っているから。

その後私とメリンダは話し合い、子供らしく自由な時間を設けつつ、勉強は午前と午後に1時間半ずつ。

午後のお茶の後は今日勉強したところをメリンダに話すことにした。

後の時間はフリータイムだ。

「メリンダもう一つお願いがあって。平民になる可能性もあるのだから、家事もできるようになりたいの。まずはこの部屋の掃除とか、ダメかな?」

最初はびっくりしてお嬢様がしなくても……と言っていたメリンダも納得し朝の勉強前に部屋の掃除をすることが決まった。

前世ではメイドなんていなかったのだ。できるよね? きっと。

第二章✴はじめの一歩

「お嬢様おはようございます」

翌朝計画の通り7時にメリンダが起こしに来てくれた。

ただいつもと違うのは、起こされる前から目が覚めていたことだ。

「まぁまぁ。やる気たっぷりですね。朝はお掃除もありますから、シンプルで動きやすいこちらのワンピースにしましょうね。髪型はすぐに結んでしまうので、ご朝食まではおろしておきましょうか」

手早くメリンダが身支度を整えてくれる。


7時半。

家族揃って、朝食。

少し長いダイニングテーブルにはパンにジャム、バター、ハムやチーズ、グリーンサラダ、きのこたっぷりシチュー。

果物類もオレンジにぶどう、そして苺とたっぷり並んでいる。

そして今日の飲み物はレモングラスとマルベリーをブレンドしたハーブティー。

スッキリして飲みやすく朝にピッタリだ。

はぁ〜美味しい。

朝食の後はいよいよ掃除の時間。

メリンダに教えてもらいながら、まずは窓を開けて、柄の長いハタキで天井とカーテンレールの上をパタパタ。

壁の側面にも埃はつきやすいのだというので、壁もパタパタ。

掃除の基本は上から下という教えを忠実に守り、上の方にあるものから順番にパタパタパタパタパタ……。

腰高にあるライトスタンドや棚の上の小物たちは柄の短いふわふわのハタキでさっさと掃いていく。

次は、布団を外に出してメリンダと一緒にバサバサと振って、ついでにシーツも取り外す。

それらが終わってようやく床の掃除だ。

箒で隅から埃を集めて、塵取りに入れるのだが、なかなか塵取りに入れるのが難しい。

最後は濡らした雑巾であっちもこっちも拭き上げたら完了だ。

たった一部屋掃除しただけなのにぐったりと疲れてしまった。

それでも、ピカピカの部屋を見ると達成感が湧いてくる。

綺麗にするって気持ちいい！

「お嬢様。上手にお掃除できましたね。掃除で汗をかかれたでしょう。湯浴みしてさっぱりしてからお勉強しましょうね」

確かに。ワンピースも少し薄汚れてしまったし、掃除用のワンピースを作った方がいいかもしれない。


湯浴みして、お水をのむ。

一息入れたら勉強だ。

直近の学習目標は、スラスラ文字を読めるようになること。単語をとにかく増やすこと。

前世で暮らしていた世界とトリフォニア王国の言語は違う。

トリフォニアの言語は前世を思い出す以前の私が勉強したレベルしかわからないのだ。

だから速く読めないし、音として読めるようになっても意味のわからない単語がたくさんある。

それと文ばっかり読んでいても退屈するかもしれないから、算術も少しずつやるつもりだ。


午前中は言語の時間。

まずライブラリアンで初めて読んだ絵本『白竜ウィスパの小さな友達』を音読することにした。

この本は知らない単語がなかったからね。

それに一つの文がそれほど長くないし、全体的な文量も長すぎず、短すぎず。音読にピッタリ。

今はカタコトだし、かなり時間をかけないと読めないけれど、スラスラと、暗唱できるようになるのが目標だ。

10回ほど音読したら、もう1冊に取り掛かる。

もう1冊は、かなり昔に実在したという大冒険家ゴラーの冒険記。

一文字一文字読みながら、わからない単語に出会ったら、ノートに書き記す。

細かく章立ててあるので、一つの区切りまでまず通しで読んで、その後ノートに記した単語を辞書で調べる。

調べたらノートを見比べながら再読。

そのあと何回か読んで、メリンダに今日学んだ内容を発表できるように、ノートに内容を簡単にまとめた。

「お嬢様、お勉強の時間が終わりましたよ。休憩に入る前に勉強の成果を聞きましょうか。今日は何をお勉強されたのですか?」

私はスラスラ文字を読めるようになりたいこと、知っている言葉を増やしたいことを説明して、音読する。

「明日もこれを音読するわ。明日はもっと綺麗に読めるようになるんだから!」

「楽しみですね」

冒険家の伝記は、読んだ章がまだ彼が幼少期の頃の話だったので、ゴラーの故郷はどんなところで、家族はどんな人たちだったのか、幼い時のゴラーはどんな子供だったのかを話した。

知らなかった単語の意味も含めて発表した。

「よく頑張りましたね。そうですか。大冒険家のゴラーは末っ子でお勉強が嫌いで、遊んでばかりいる放蕩息子だったのですね。意外です」

「意外なの？　どうして？」

「ええ。意外です。あの方は……いえ、きっとこの先本に書いてあるでしょうから、今話すのはやめておきましょう。それにしても本が読めるお嬢様のスキルはすごいですね」

たしかに。

我が家は領地持ち貴族だが、裕福な方ではない。

だから、領地を継ぐ兄様しか家庭教師はつかない。私に読み書きを教えてくれたのは、兄様だ。

わからないことを質問することはできないし、誰かがカリキュラムを考えて導いてくれることもないけれど、文字さえ読めればある程度独学できてしまう。

ライブラリアンのおかげで。

人生どん底のハズレスキルかと思ったけれど。

もしかしたら、使いようによっては……化けるかも。

化けてほしいという希望も多分に入った感想だけど。ふふ。

子供相応に遊ぶ時間も必要だと設けられた自由時間。

でも……遊ぶってどうすればいいのだろう？

子供は自由な発想で遊びを作り出す天才というけれど、私は思いつかない。

友達も……いないしなぁ。

とりあえず暇で庭に出てみる。時間をとって庭に出るのは、前世を思い出してから初めて。

こうやってよく見ると、わが家の庭はとても綺麗だ。

特に今は春。

ピンクや黄色、オレンジの花が咲き乱れている。

東屋《あずまや》からもそんな色とりどりの花を眺められるので、母様のお気に入りのティータイムスポットだ。

あぁ綺麗。

これはなんという花なのだろう？

マリーゴールドみたいだけれど、ちょっと大きいし、マリーゴールドは単色だったけれど、これは花びらの真ん中がオレンジで外側に向かうにつれて徐々に白くなっている。

誰かに聞こうと思ったところで、ライブラリアンに植物図鑑があったことを思い出す。

『散歩のおともに！　身近な花図鑑』

図鑑をパラパラめくると、前世で知っている花もあったし、知らない花もあった。

この花は……マリーゴルディア。

秋まで花が咲くのか。長く楽しめそう。

そして。こ、んぱ、に、お、ん、ぷら、んつ？

あぁ、この単語はわからない。

辞書、辞書。

なるほど野菜と一緒に植えると、害虫を寄せ付けない植物のことか。マリーゴールドと同じだ。

あ、この単語もわからない。

辞書、辞書。

あぁ。調合か。虫除け、虫刺され、害虫駆除の薬品に使われると。

可愛いだけじゃなくて、役に立つなんてすごい。

他にもいっぱい育て方や肥料のやり方、調合方法などなどが書かれているけれど、これはまた今度読もう。

わからない単語のオンパレードだから。

次はこっちの花を調べてみよう……と図鑑を読みながらふむふむと歩いていたら、すっと地面の感覚がなくなった。

「きゃー！　お嬢様が池に～！」という声が聞こえたけど、こっちもなかなかパニックだ。

服が重くてなかなか思うように泳げない。

お、溺れる！　助けて！　誰か、たす……。

その時、手がぐんと引かれた。

「お嬢様、大丈夫ですか？」

助かった……。安心したら涙が出てきた。

「もう大丈夫ですよ」と背中を撫でてもらって、タオルをかけてもらう。

落ち着いてよく見ると、助けてくれたのは庭師のジョセフだった。

彼は体が大きく、表情もあまり変わらない。

さらに言えば、無口なので、今まで近寄りがたいと思っていた。

いや、正直に言おう。ちょっと怖かった。

けれど、それも思いこみかもしれない。

だって、怖いと思って関わってこなかったのだから、彼が本当はどんな人なのかなんて知らないのだ。

「助けてくれてありがとう。そして、お庭を荒らしてしまってごめんなさい。せっかく綺麗なお庭だったのに」

「そんなことよりご無事でよかったです。風邪をひかれてはいけませんから、ゆっくりお湯にでも浸かってください」

そう言う彼の眼は優しかった。

やはり、私は思い違いをしていたのかもしれない。

メリンダにお風呂の用意をしてもらい、湯浴みをする。

まだ午前中だというのに本日2度目である。

池に落ちたり、湯浴みをしたりでお昼の時間に間に合わなかったので部屋で食事をとる。

すると池に落ちたことを聞きつけ、母様が飛んできた。

「よかった無事で」と言われた後に、案の定怒られた。

たしかに読みながら歩いていた私が悪いんだけど。

ちなみに私が落ちぬよう、その日のうちに早速ジョセフは池の周りに柵を作っていたのだとか。

色眼鏡を外すと次々に彼の気遣いが見えてくる。

馬鹿だな、私。


食後は算術の勉強だ。

足し算、引き算などの記号こそわからないものの、概念はわかるので、記号を覚えて、数字と文章を読めれば問題ない。

記号の勘違いで何問かミスしたが、あっさり解けたので明日からはタイムトライアルをすることにする。

せっかく四則演算からやり直すのだ。

3桁の四則演算くらいパパッと暗算できるくらいになりたい。

計算が速くなったら、仕事に繋がるかもしれないし。

1桁の足し算、引き算から始まり、今日は2桁の掛け算、割り算まで。

ひたすら解く。解けるのは、当たり前。あとはどれだけ速く計算できるか。

明日も2桁からやり直そう。

ちなみにメリンダに算術の成果を見せると、一瞬間を置いて、「お嬢様は天才です！」と両手を挙げて喜んだ。

しまった。初めての勉強なのに、これだけ解けたら変だった……。


勉強の後は母様と一緒にティータイム。

東屋のテーブルには、白地に花や小鳥が刺繍されているテーブルクロスがかかっている。

前世を思い出すまではなんとも思わなかったけれど、今見るとすごくきれい。

テーブル中央にはラナンキュラスが生けてある。可愛い。

周りには紅茶のセットとクッキーも。

母様と他愛無い話をしながら、紅茶をいただく。

紅茶はオレンジやレモンの香り立つアールグレイのアイスティー。

今日みたいなポカポカの日には冷たくて気持ちがいい。

クッキーもザクザクの食感が楽しくて、とっても美味しかった。

もちろんピンク、オレンジ、黄色の暖色系の花が咲き乱れる庭の景色もいい。

こんなところでお茶できるなんて、前世を思い出すまでなんとも思っていなかったけれど、なんて贅沢な気分だろう。

驚いたのは、このテーブルクロスが母様の手製だったことだ。

こんな素敵なものを作れるなんて母様はすごい。

そう他人事のように思っていたが、刺繍は女の嗜みだと言う母様の勧めで、私も母様に刺繍を習うことになった。

母様も領地を見回ったり、父様の仕事の補佐をしたりして忙しいので、時間をとって指導してくれるのは週に1回。

今日のようにお茶を飲みつつ、話をしつつ、教えてもらう予定。

いつか母様みたいに素敵なものを作れるようになれたらいいな。


ティータイムの後の自由時間では、ベッドに寝そべってゴロゴロしながら本を読む。

読んでいるのは、『やさしい神話』だ。

時間を決めて勉強し、時間を決めてゴロゴロする。

一日中ダラダラ本を読んでいた時より、中身をしっかり覚えているし、理解している。

何より充実感に満ち溢れている。

できた。今日は怠け者じゃなかった。

けれど、大変なのはこれから。

やり始めるのは勇気がいる。だから一歩踏み出せたことはすごいこと。

それを続けるのは、継続するぞ！　という気合とそれを実行させる工夫がいる。

一歩踏み始めるより続ける方がずっとずっと難しい。

その後ディナーを食べて、湯浴みをしたらベッドに直行。

夜更かしはやめられないかと心配していたけれど、日中たくさん動いたおかげでものの5分で就寝した。

　こうして計画1日目が終わった。

計画2日目も掃除から始まる。しかしこの掃除がなかなか重労働。

掃除機のない掃除ってこんなに大変だったんだ。

特に塵取りと雑巾がけ。

片手で塵取り持って、もう片方で大きな箒持って、ゴミを集めるけど、小さい塵はなかなか取りきれなくて苦労する。

雑巾掛けは言わずもがな。

結構な運動量だし、膝をついて雑巾掛けすると膝が痛い。

メリンダからは「膝が黒ずんでしまうから雑巾掛けだけはもうおやめ下さい」と言われている。

たしかに膝が黒ずんだ貴族令嬢はいないかも。

うーんと考えて閃いた。アレさえあれば問題解決だ。

「メリンダ。欲しいものがあるの。こういう柄が長くて、先に板がついているものってあるかな？」

「……見たことありませんが。何に使うものなのでしょう？」

「掃除に使いたいなって」

掃除に？　と怪訝そうに聞くメリンダに板の下に雑巾を挟んだら、屈まなくても水拭きが出来ると説明する。

そう。私が欲しいのはフロアワイパーだ。

だが、フロアワイパーのようなものはこの世界にはないようで、道具屋に作ってもらったらどうかとメリンダが提案してくれた。

その後あっという間に話は進み、1週間後にはフロアワイパーが完成。

私の欲しい物だったから、私の予算から出してもらう予定だったのだけど、結局掃除用品だからということで、館の維持費から出してもらえた。

完成した翌日には追加発注もしたらしいので、すぐに館の掃除用品として定着しそうな予感だ。


それからは毎日毎日立てた計画通りの予定をこなす日々。

朝はご飯食べて、掃除して、音読して、辞書を使いながら伝記を読んで、昼ご飯まで庭に出て、ジョセフと話したり、植物図鑑で花の名前を調べたりしている。

『白竜ウィスパの小さな友達』はもう完璧に暗唱できるようになったので、今はゴラーの伝記を音読し、聖女マリアベルの伝記を読んでいる。

そうそうあの事件……私が池に落ちたあの事件からジョセフとは仲良くなった。

ジョセフから植物のことを教えてもらうこともあるし、私がジョセフに植物図鑑に書いてある知識を教えることもある。

あと、部屋に飾るお花ももらう。

部屋で読書したり、勉強したりする時間が長いから、花があると癒やされるのだ。

彼は緑魔法の持ち主で、私の生まれる前からここで庭師をしている。

無口なのかと思っていたが、話してみるとよくしゃべる人だった。

ただし話すのは、植物のことばかりだ。根っからの植物好きらしい。


昼ご飯の後は算術の時間。15分で何問解けるかを格闘している。

それを繰り返し4セットくらいして、残りの時間は暗算の練習。

とにかく解いて、解いて、解きまくる。

四則演算の理論はわかっているわけだからあとはスピード。だから質より量だ！

ティータイムでは、刺繍もする。

真っ直ぐ縫うことから始まった私の刺繍も最近はイニシャルの練習に入った。

毎日コツコツ作業して、週に1度母様に見てもらう。

午後のフリータイムは、ベッドの上でゴロゴロ読書したり、刺してみたい刺繍の絵を描いたりしている。

夜更かしもしなくなった。

日中アクティブに活動しているから、夜は疲れてすぐ眠ってしまうからだ。

知らず知らずのうちに、メリンダの言うよく食べ、よく動き、よく寝る生活を送っている。

そうやって私が毎日同じ、しかし充実して、楽しい日々を過ごすこと3ヶ月。

いつの間にかミンミンとセミが鳴き始め、汗の吹き出る季節になっていた。

＊

ある日、本を読もうとして驚いた。

私が出せる本は、文庫サイズのノートかな？　と思うくらい簡素な本だったのに、サイズは変わらないものの、つるりとしてしっかりとした厚めの紙で装丁されたちゃんとした本になっていたのだ。

おぉ！

ページを開くとさらに驚いた。読める本が増えていたからだ。

追加された本は、物語や算術ドリル、伝記や植物関係の本に刺繍の図案集まであった。

どれもこの３ヶ月で読んだ本に関連している。

このスキル……私の好みを把握してない？

今読んでいる伝記ももうすぐ読み終わるし、算術ドリルに関してはもう３巡目。

新しい本が読めるようになってよかった。

なぜ今のタイミングで読める本が増えたのかはわからない。

スラスラと文章を読めるようになってきたから？

魔力が増えたとか？

考えられることはあるが、答えのないことを悩んでも時間の無駄だ。

そのかわり、明日から魔法の本も読み始めよう。

どうせ私は本読むしかできないから、魔法を学んでも無駄だと思っていたけれど、何かわかることがあるかもしれない。

今まで私の将来は、結婚は無理だろうな……というだけの漠然とした未来だったのだけど、大冒険家ゴラーの伝記を読んでからは、平民になって各地を転々とするのも素敵じゃないかと思っている。

そういえば伝記を読み始めた頃、メリンダが「大冒険家のゴラーは末っ子でお勉強が嫌いで、遊んでばかりいる放蕩息子だったのですね。意外です」と言っていたけれど、読み終えた今、私も幼少期のゴラーは意外だと感じた。

冒険者はたくさんいる。

魔物を狩ってその素材を売り、ギルド経由の仕事をして日銭を稼ぐのが大半の冒険者だが、ゴラーは違ったのだ。

確かにギルドで依頼を受けて仕事をしている。

けれど、仕事とは関係なく古代の遺跡を発掘して古代魔術の研究をしていたり、新種の薬草を見つけ新たな治療薬を開発していたり……。

大人になった彼はとても勉強嫌いだったとは思えない天才だったのだ。

だから彼のことを冒険家ではなく、賢者と呼ぶ人もいるらしい。

何がそれほど彼を変えたかって？

いや、全く変わっていなかった。

幼少期からの変わらない好奇心と直向《ひたむ》きな努力が天才を生んだのだ。


小さい頃の彼は遊んでばかりいたが、それは言い換えれば、遊びに一生懸命だった。

森を散策し地面に穴があるなと気づいてしまったら、その謎を解明したくて手を突っ込む。

その穴は、蛇の巣穴で、噛まれて、高熱を出し、彼は生死の境を彷徨《さまよ》った。

初めて見る赤い実に興味を持ち、口に入れる。

その実はすずらんの実で、やはり彼は死にかけた。

そんな遊び呆けていた幼少期と同じように、失われた魔法に興味を持てば、ありとあらゆる書物を読み漁り、実際に現地に赴き研究するし、見たことがない草を見つけたらどんな植物なのか知りたくて、書物を読んで調べたり、観察したり、食べてみたり、実験したりしているうちに新薬を開発してしまうのだ。

小さい時すずらんで死にかけたのに、懲りもせず、また知らない植物を食べているあたり、やっぱり彼は変わっていない。

この伝記は読むのが楽しかったな。

それは前世で読んでいたバスケットボール漫画の登場人物のように、ゴラーは好きなことに真っ直ぐで、努力して、キラキラした世界に住んでいたからだ。

私が夢見るキラキラの世界……あこがれる。

そういうわけで、ゴラーへの憧れから平民となってあっちこっち自由の民になってみたいと思っているというわけだ。

ゴラーの旅路を辿るのもいい。聖地巡礼だ。


数日後、私は母様と一緒に孤児院へやってきた。

「ここは孤児院。両親がいないか、いても一緒にはいられない子供たちがここで暮らしているの。私は月に1度訪れてみんなと遊んでいるのよ。テルミスももう6歳だし、最近ぐっとお姉さんになったから連れてきたかったの」

私はずっと家にいたから友達がいない。

昔は兄様とたくさん遊んだり、絵本を読んでもらったりしたけれど、9歳になった兄様は家庭教師がついて勉強する時間が長くなり、剣術や魔法の訓練もしている。

忙しすぎて兄様と会えるのは食事の時くらいだ。

兄様は次期領主だし、3年後には王立魔法学校に通うから、その入試対策でも大変なのだ。

要するに私は、同じくらいの歳の子と遊んだ経験がほとんどない。

貴族の子供としては結構あることらしいが、ちょっぴり不安だった。

だが、そんな不安は杞憂に終わった。

最初は、走って集まってきた子供たちになんて話しかけたらいいかわからずおろおろしたものだが、戸惑っているうちに「名前は？」「何歳なの？」「スキルある？」「何のスキル？」と矢継ぎ早に子供たちから質問がされて、スキルの特性を話した途端に、「何か読んで！」と熱烈オファーを受けたのだ。

ずっと音読教材として使っていた『白竜ウィスパの小さな友達』を披露すると、「もう1回！」の嵐で、結局15回も読んでヘトヘトになってしまった。

子供と遊ぶって体力がいるんだな。

いつもお世話している職員たちはすごいと思う。

こんなに大変なのに、襟も袖もぴっちり締めた服装で全く乱れていないし、聖母のような微笑みを浮かべている。

帰り際、職員の一人の手を握ってありがとうと言った。ちょっと怯えていた気がする。

その時、彼女の手首にあるアザがチラッと見えた。

それから私は週に2度孤児院に行くようになった。

算術の勉強が終わったら、ティータイムはせず、そのまま直行。

私がいない時も本を読めたらいいのになと思って、絵本を写本して持っていったり、それを教材に時折文字を教えたりしている。

それから母様との刺繍教室の題材で、文字を縫い始めた私はおおきな布製ポスターも作っている。

トリフォニアの文字が一覧になっていて、一文字ずつ下には簡単なイラストがついているのだ。

『リ』の文字の下には『リンゴ』のイラストっていう塩梅に。

そしたら紙を使わなくても、指でなぞるだけで文字を練習できるのでは？　と思ったのだ。

私の自作の絵本や文字を教える行為は、概《おおむ》ね好評だったけど、全員ってわけじゃなかった。

本より走り回った方が楽しい！　って子たちだ。

たしかに勉強は大事だけど、ゴラーみたいに勉強嫌いでもその幼少期の好奇心を開花させて人生を花開かせるパターンもあるから、強制はしたくない。

だからわたしの読書会も文字の勉強をしたい子が勝手に集まってくる感じだ。

けれどたまに、彼らも本当は交ざりたいのではないかと思うことがある。

チラチラ見ていたり、本を読んでいる近くでうるさく走り回ったりしているからだ。

そんな彼らのことも気になり、現在孤児院長と畑を作る話をしている。

すぐに収穫できる葉物なら、初心者にもハードルが低いはず。

あ、あと今の季節から植えると秋に収穫できるさつまいもも魅力的。

みんなで枯れ葉を集めて焼き芋するのは楽しそうだ。

今すぐの楽しみとちょっと先の楽しみが混ざった畑。

収穫した野菜や果物は孤児院での食事に使われるから、食事もちょっぴり豪華になるし、ちょっとした農業体験にもなる。

きっと絵本に加わらない彼らも、こっちなら楽しく一緒に活動できるのではないだろうか？

孤児院長にも賛成してもらったので、帰ったら植える植物をジョセフに相談しようと思う。

あ、新しくライブラリアンに加わった『初めての家庭菜園』も読まないと。

そうそう。気になると言えば、孤児院の職員たちだ。

遠目に子供たちを見る表情は聖母のように穏やかなのに、時折ふっと暗い影が差す。

それにあれから何度も孤児院に通って気づいたのだけど、職員として働くレア、ロザリア、ジェシカの３人皆が体を壊していた。

レアは、乳児付きの職員。

一度抱いている赤ちゃんがレアの服を引っ張って服のボタンが外れたことがあった。

その時、鎖骨あたりが真っ黒になっているのを見てしまった。

ロザリアは最初に来た時に握手した職員で、握手の際に手首にアザがあるのが見えたし、もう一人の職員ジェシカは歩く時にぴょこぴょこ引きずるように歩いている。

一人ならまだしも３人全員が怪我しているって変だと思う。

いや絶対変だ！

気になって、翌日母様に相談の時間をもらった。

時間がないから単刀直入に聞く。

「お母様……あの孤児院は大丈夫なのでしょうか」

「大丈夫とはどういうことかしら？　たしかに豊かな暮らしとは言えないまでも飢えや寒さによる命の危機を感じない暮らしをおくれていると思いますよ」

母様は私の顔をじっと見ながら答えた。

「そうですね。しかし、子供たちの面倒を見る職員が皆体を壊しています。初めてお母様に連れていっていただいた時手首にアザのある職員を見ました。彼女だけであれば何か事故にでもあったのだろうかと思ったのですが、通ううちに他の2名も足を悪くしていたり、胸の辺りが真っ黒になっていたりしているのに気がつきました。3人が3人とも何かしら体が悪いなんて普通ではありません！　しかも外傷です」

何かがおかしいから調べてほしいと懇願する私に、母様はゆっくりと紅茶を手に取り、口を開く。

「そう。でも、調べる必要はないわ」

「お母様！　でも、もし彼女たちが……」

母様は紅茶に口をつけ、ふっと一息つく。

私の焦りとは裏腹になんと優美な所作だろうか。

「詳細は避けるけれど、彼女たちは被害者なの。家で暴力を受け虐げられてきたね。彼女たちがここにいるのは、自分の命を守るため。王都から逃げてきているの。だから、この件はこれでおしまい。他言無用です。どこで情報が漏れるか分かりませんから。わかりましたね」

暴力から逃げてきた。

しかも王都からなら山一つ越えなければならない。

それほど切羽詰まっていたんだ。

「わかりました。お母様。私の思慮が足りませんでした。すみません」

「いいえ。いいのです。私はむしろあなたがそのことに気づき、声を上げたことが誇らしいですよ。人は皆自分可愛さに見て見ぬ振りしてしまう生き物ですから。それに最近あなたが頻繁に行って、お話会や勉強会など新しいことを始めてくれたおかげで、皆どことなく明るくなった気がするわ。今度は畑もするんでしょう？　楽しみにしていたわよ」

聞けば、母様が定期的に孤児院に行くのは、彼女たちの傷を治すのが一番の目的らしい。

ただ、聖魔法使いの母様が治せるのは当たり前だが、体だけ。

けれどＤＶ被害を受けてきた彼女たちの心の傷は外傷なんかよりずっとずっと深い。

「心の傷は私には治せないから、あなたがあの孤児院を明るくしてくれて嬉しいわ」と母様は言った。

よかった。

私でも役に立つことができていたんだ。

第三章✴魔法の基本

魔法の本を読み始めた。読んでいるのは、初心者向けの指導書『魔法の基本』だ。

この本を読んだところでライブラリアンの私には実践できることなんてないかもしれないと半分はあきらめつつ、何か別のヒントがあるかもしれないと半分は期待して読んだ。

『魔法を習得するには、大きく三つのステップがあります。

まずは自分の魔力を感知すること。

それがスタートラインです。

次にコントロールすること。

自分の魔力を体に巡らせたり、ある一定の範囲まで魔力をカバーしたり、放出させたり。

自身の魔力を自在に動かせるようになりましょう。

最後は、その自在に動かせる魔力を形にするイメージです。

より早く、より鮮明にイメージすることで洗練されていきます』

スキルのスの字も出なかった。よかった。これなら私もできるかも。

まずは魔力感知。


『静かに集中し、神経を研ぎ澄ませてみましょう。

感知しやすい方法はひとそれぞれ違います。

他者の魔法を観察することで感知できるようになる人もいれば、厳しい肉体的な修行を経て感知できる人もいます。

ここでは一般的な呼吸法を試してみましょう』

本に書かれている通りにリラックスした体勢で座り、鼻から吸って口から吐く。

口から吐く時は少しずつゆっくり長く吐く。そして吐ききる。

すーはーーー。すーはーーー。

すーはーーー。すーはーーー。

この時何も考えない、呼吸に集中することが大事らしい。

かれこれ30分ほどやっているけど、さっぱりわからないので続きも読んでみる。


『魔力とは、体の芯から発せられる生命エネルギーのようなものです。

それゆえにあまりに大きな魔力を前にすると、相手が何もしなくても畏怖の念を感じ、反対に魔力が限りなく少ないものや意図的に魔力を抑えている場合は存在が希薄に感じられるものです。

呼吸法で魔力感知できない場合は、体の一部に魔力を集中させてみましょう。

魔力の源から離れた場所に魔力を集中させることで、魔力の有無の差が分かりやすくなります。

最初は分からなくて構いません。

手のひらに意識を集中してみてください。

じんわり温かな感触がありませんか？

それが分かれば、もう一度呼吸法をして体の奥底からその温かな感触を探ってみましょう』

手のひらに集中……集中……。

ぐぐぐ……ぐぐぐ……。

もわもわ～あ、少しあたたかい……。

やっと温かな感触を得られたかと思ったところで、私の視界はブラックアウトした。


目が覚めた。

なんだか体全体がだるい。

ちょうどその時メリンダがやってきた。

「そろそろお勉強の時間ですよ……ってお嬢様どうされたのですか!?　お顔が真っ青ですよ」

「魔法の本を読んでいたのだけど、ちょっと疲れちゃって。体がだるいの」

そう言うと、あれよ、あれよと言う間にベッドに寝かされた。

「ちょっと失礼します」と言うとメリンダは私の首元に手を当て、体温を測ると「すぐ戻ります」と言って出ていった。

戻ってきたメリンダの手には、カップとティーポット。

さぁ飲んで下さいと言われて飲んだのは、スパイス香る甘いチャイだった。

シナモンの香りに癒やされ、体の芯まで温まる。

2杯ほど飲んでホッと一息つけば、徐々に気力が戻ってきた。

「顔色はだいぶ良くなられましたが、魔力を少し使いすぎたみたいですね。今日はお勉強をお休みしてベッドで休んで下さい」

そうメリンダは言うが、一日でも休んでしまうとまた元の怠け者の私になってしまいそうで怖い。

結局休んで欲しいメリンダと勉強したい私で話し合い、間をとって1時間はしっかり休み、残りの30分で勉強することになった。

それでもメリンダは心配だったらしい。最後にしっかり釘をさされた。

「でもいいですか。お嬢様のスキルはライブラリアンです。読書は魔力を使ってなさそうですが、お嬢様はスキルの力で読んでいるのですから、読書をする度確実に魔力は消費しているのです。無理をすればまた倒れますからね！」

確かに。そういえば、最初に魔力切れを起こしたのは本の読み過ぎだった。

三日寝込んだんだったなぁ。

今回は2、30分ほどで意識は戻った。

魔力がゼロになったわけではないから回復が速かったのだろうか。

それとも魔力の回復スピードが速くなったのだろうか。

どうやったら回復スピードって速くなるんだろうか。

いやもっと言えば、どうやったら魔力が増えるんだろうか。

魔力で本が読めるなら、魔力が多ければ多いほどたくさん読めるはず。

魔力増やしたいなぁ。

そもそも増えるものなのかなぁ？

そんなことをつらつら考えているうちに私の瞼は閉じていき、夢の世界に旅立った。


1時間経ってメリンダが起こしてくれる。

体温や顔色をチェックして、「これならいいでしょう」と太鼓判をもらい、今日の勉強へ。

30分しかないから、復習に充てた。

今まで調べた単語でも覚えていない単語がまだあるからだ。

復習が終わればジョセフのところへ。

今日は庭の花を愛でるのではなく、孤児院の畑に植える植物の相談だ。

「葉物は小松菜がいいですよ。年中栽培できて初心者にも簡単です。収穫も力がない女性や子供でもできますしね」

「いいわね。孤児院にはまだ鑑定前の小さな子供も多いから」

「あぁ、あと最初からたくさんの野菜を育てるのは大変ですから、小松菜と季節の野菜一つくらいから始めるといいと思います。今の時期だとじゃがいもがおすすめです」

じゃがいもはいいなと思ったが、もう一つはやっぱりおやつにもなるような甘いのがいい。

さつまいもなんてピッタリじゃないかと思ったのだけど、残念ながら植え付け時期が終わっているようだ。

「代わりにブルーベリーなんかどうでしょう？」と言うジョセフの案を採用して、ブルーベリーを植えることにした。

植えるのは、既に実のついたブルーベリーだ。

今年育てる楽しみは無いが、すぐに収穫できる。

きっと収穫して楽しい経験をしたら、次の収穫がもっと待ち遠しくなるはずだ。


それからまた私の毎日は、いつも通りの毎日に戻っている。

掃除して、魔法の勉強をして、文字の勉強をして、庭でジョセフと話しながら庭いじりして、孤児院行って、本を朗読したり、文字を教えたり、畑をしたりして、刺繍して、算術して……という具合である。

ちなみに魔力感知は前回倒れた時にコツを掴んだらしく、体の芯にある魔力がわかるようになった。

ふよふよと不定で、白い光だ。

自分の魔力がわかるようになると、魔力の限界もわかるようになった。

だから今では魔力切れで倒れることはない。

倒れる限界が視覚的にわかるので、そのぎりぎりを攻めている。

今は魔力操作を練習中。

体のどこの部位にも魔力を集中させることができるようになったし、体全体を血液が巡るように魔力を巡らせることもできるようになった。

苦戦しているのが魔力を止める練習。

例えば魔力を手に集中させるとする。

すると、手から火が出ているみたいに魔力が溢れてくる。

それを手という器の中に収めるのが、その練習だ。

かなり集中力が必要で、慣れないからか魔力の消費も激しい。

だからいつも練習の後はメリンダのチャイを飲んでいる。

魔力は生命エネルギーのようなものなので、枯渇すると生命活動がスリープモードになるのだ。

つまり……倒れる。

そして、本当に死んでしまったら体が冷たくなるように、体温も低くなる。

このエネルギーを取り戻すには、栄養ある食事と睡眠が必要だ。

もちろんポーションに比べると回復は遅い。だが、食事と睡眠には副作用がない。

一方ポーションは回復力が桁違いだが、それ故に常用すれば効果が出なくなる。

それに価格もかなり高い。

だからポーションを使うのはよっぽどの緊急事態。

最も安全で安価な方法は、倒れる直前に栄養価のあるものを摂取して、睡眠をとることなのだ。

私が初めて魔力切れを起こした時に三日もかかったのは、前世を思い出す前で好き嫌いをしていたし、睡眠不足だったから、三日もかかったのだと思う。

でももう魔力感知できるようになったから、倒れることなく、メリンダに心配かけることなく、本が堪能できるようになった。

魔法を勉強してよかった。


魔力感知ができるようになると、他者の魔力もわかるようになった。

メリンダは涼しげなアクアマリンのような光で、ジョセフは陽だまりみたいなポカポカ暖かい橙色だ。

ジョセフは緑魔法とか言うくらいだから、緑の光だと思っていたのに。

スキルとは違うみたいだ。

孤児院の畑に一度ジョセフが来てくれた時はすごかった。

初心者ばかりだから、せっかく植えた植物が枯れないようにと緑魔法をかけてくれたのだ。

病害虫に強くなるらしい。

魔法の後1週間は、作物からジョセフの魔力がキラキラ輝いて綺麗だった。

メリンダの魔力も館の至る所でキラキラしているのに気づいた。

もしかして……と思って聞いてみれば案の定。

私がはたきと箒、フロアワイパーで掃除しているのに対し、メリンダは風魔法で塵や埃を一気に集めるそうだ。

水拭きは風魔法ではなんともならないそうなのでフロアワイパーらしいけどね。

実際に、メリンダの風魔法も見せてもらった。

つまり掃除風景を見せてもらったんだけど、なんかすごかった。

部屋にフワッと風が起きて、でも物が落ちるわけでもなく、いつのまにか埃があっちこっちから足下の小さなゴミ箱の中に収まっていた。

すごい、すごい！　と感激して、でもちょっぴり良いなと思って、「誰でも使えるゴミを吸う機械があればいいのになぁ」と言うと、なんと！　この世界にも掃除機はあるそうだ。

けれど王都に家が買えるのでは？　というほど価格が高い。

ゆえに我が家にはないし、もちろん平民家庭にも無い。

貴族は掃除機を買うのではなく、風魔法使いを雇用するのだ。

平民は自身が風魔法使いでなく、近所に風魔法使いがいなければ、私と同様はたきと箒、雑巾で掃除することになる。

ちなみに他にも前世で言うエアコンやドライヤー、冷蔵庫に洗濯機もあるし、水洗トイレもある。

ただしトイレ以外はかなり高い税がかかっているので誰もが買える品ではない。

「お嬢様は魔素をご存じですか?」

あぁ、魔法行使する時の媒体となるもので、空気中に漂っているんだっけ。

酸素や窒素と同じように空気中の成分の一部という認識だ。

魔法の媒体だけあって、魔素のない場所では魔法は発動できない。

この世界にそんな場所はないが、たしかに前世は魔素も魔法もなかった。

「では、魔素は何から生まれるかご存じですか?」

知らなかったので、横に首を振ってこたえる。

「詳しい発生メカニズムはわかりませんが、魔素はあらゆる生命エネルギーから少しずつ発生しているのです。すなわち花や木、動物、魔物、もちろん私たち人間からもです。人間は欲深い生き物ですから、規制がなければできるだけ豊かな、できるだけ楽な暮らしを求めます」

なんかわかってきた。

人間生活はありとあらゆる命と引き換えに成り立っている。

食卓に上がる食べ物だけでなく、紙を作ったり、家を作ったりするのに木を伐採し、毛皮をとるために動物を乱獲する。

魔導具を作るにも魔石と資源が使われる。

魔石は魔物から採取される。

魔物も資源も豊かな生活のために使ってばかりいては、魔法が使えなくなるのだ。

この世界は魔法がある前提で成り立っている。

だから魔法が使えなくなるのは困る。

「お嬢様のお勉強に使われている紙も再生紙ですね。それも必要以上に木を伐採しないためなのです。新しい紙は契約などの重要書類や本にのみ使われているのですよ」

たしかに、ティッシュのような使い捨ての紙もトイレと医療機関でしか見ない。

一部の大貴族以外、衣服もお直ししながら長く使う傾向で、だからこそ衣服のお直しと刺繍は女の嗜みなのだ。

貴族は自分でリメイクせず、専門の回収業者に委託することが多いけれど。

だからか。この世界が美しいのは。

前世はとても便利で豊かだった。

でも、どこもかしこも人工物ばかりだったし、環境汚染の問題は深刻だった。

この世界はまるで中世のようで、全く違う。

必要なところには前世に近い技術がある。

それを今だけを考え便利さを追い求めるのではなく、環境とのバランスから不必要に消費しないのだ。

「それに、そんな魔導具が広まると私たちの職も無くなりますし」とメリンダは苦笑していた。

そうそう雇用といえば、魔導具にかけられた税もトイレがとても低いだけではなく、それ以外にも差があるのだそうだ。

必要性と雇用のバランスで税の重さが決まるのだとか。

例えば、トイレは使用頻度が高く、旧来のトイレだと衛生面があまりよろしくない。

さらに魔導具トイレの代わりに、水魔法使いを常時トイレに待機させるわけにもいかない。

待機する水魔法使いも、トイレを使用する人も嫌だもんね。

そう言う訳で必要性が高く、人では代われないものだから税が安い。

50年前に魔法で水が流れ、防臭、防汚効果のある魔導トイレが開発されてから、国としても魔導トイレの設置を推奨したらしい。

その甲斐あって、今ではほぼ100パーセントの普及率だ。

トイレの次に安いのがコンロ、冷蔵庫、エアコン。

コンロも料理の度に火魔法使いを待機させるのは、現実的ではないし、火魔法を使わずに料理をするとなると火を起こすのがなかなか大変な上火事にもなりやすい。

それにどこの家庭も大体食事の時間は同じだから、火魔法使いが足りなくなってしまう。

だからトイレほどではないが税金は安めだ。

安めとはいえ、値が張るので地方の平民はまだ薪をくべている。

冷蔵庫やエアコンは言わずもがな。

24時間365日稼働するため、人力では魔力が圧倒的に足りないし、その業務を担う人の暮らしが成り立たない。

非人道的な業務になってしまう。なので安め。

冷蔵庫はコンロと同じく地方平民には広がっておらず、エアコンは貴族や一部の有力商人だけだ。

我が家にあるのも税金安めの魔導トイレ、魔導コンロ、魔導冷蔵庫に魔導エアコンだけだ。

✴

すっかり寒さ凍てつく冬になった。

と言っても館の中は魔導エアコンのおかげで快適そのもの。

前世のエアコンのように夏は冷たい風、冬は暖かい風を出して温度調整するわけではなく、魔法で湿度と温度を一元管理。

だからクーラーを入れているのに風が直撃して凍えることもないし、暖房を入れているのに足元はしんしんと冷たいなんてこともない。

このエアコンは快適すぎる。

気持ちとしては将来平民として生きていこうと95パーセントくらい思っているのに、このエアコンの快適さといったら。

平民でもエアコンが買えるくらい大金持ちになるにはどうしたらいいかと考えてしまうくらいだ。

今日は孤児院に行く日なので、寒さをグッと我慢して快適な館を出る。うぅ。寒い！

孤児院に着くとツンツン頭の赤毛の少年が駆けてきた。

「全く遅いぞ！　こっちはもう準備万端だから早く来い！」

随分打ち解けたものだ。

少年の名前は、ネイト。彼は読書会や朗読会には参加せず走り回っていた一つ下の男の子。参加はしないものの、交ざりたそうにチラチラ見ていた子だ。

参加しやすいよう趣向を変えて、鍬を持って畑を作り始めたら、「お前みたいなちっこいのが危ないだろう！　貸せ！」と土づくりの時から積極的に手伝ってくれた。

乱暴な言葉とは裏腹な思いやり溢れる行動に「良い子だなー。こりゃ将来モテるわね」と思ってしまった私はやっぱりおばさんなんだと思う。

自分だって小さいのに可愛いよね。ふふふ。

その後は彼と一緒に走り回っていた子たちも力仕事を手伝ってくれて畑を作り、女の子や小さな子は種芋の準備をして植え付けたじゃがいも。

夏の終わりに植え付けて、芽が出た時はみんなで芽が出た！　芽が出た！　と大騒ぎして。

花が咲いたら、思っていた以上に可愛くて、畑の横でみんなでピクニックした。

収穫したら何の料理食べたいかと熱い議論をかわして、わいわい楽しかったな。

そんなじゃがいもを収穫するのが、今日！

今か今かと待ち焦がれた収穫だから、みんな待ちきれないみたい。

とりあえず一つ抜いてみる。

まだ小さかったら、延期だ……。

ず、ず、ずぼっ！　と抜くと、大きく育ったじゃがいもがゴロゴロ。

「わぁー！」

「ちゃんとできてる！」

「いっぱいだ！」

「他のも早く抜こう！」

その後はみんな泥だらけ、汗まみれになってじゃがいもを収穫した。

よく考えたら、泥、汗まみれでじゃがいも掘る令嬢ってどうなのだろう？

収穫が終わると以前から計画していたじゃがいもパーティ！

「例のアレ持ってきた？」

「もちろんよ！　それにね……サプライズも用意しているから期待していて。ふふふー」

女子チームには、今日パーティで使うじゃがいもの半量を渡して、皮をむいて、洗って固茹でしてもらう。

その間男子軍団は皮作りだ。

小麦粉にお塩を入れて、水を加えつつ、まぜまぜ、こねこね。

耳たぶくらいになってきたころ、茹でたじゃがいもが登場！

そのままつつんでもいいけれど、今日は全員に行き届くように半分に切って小さめに。

半分に切ったじゃがいもを皮で包んだら、もうひと茹で。

ぷかぷか浮かんできたら頃合い。

私が持ってきた例のアレ（マヨネーズ）をつけて食べる。

「これがじゃがいも饅頭か？」

そう。これは、トリフォニア王国で一般的な家庭料理ではない。

じゃがいも畑の隣でピクニックしていた時に、私が隣国の山間部ハチメという場所ではじゃがいも饅頭というのが食べられているらしいとライブラリアンの本で読んだ話をすると、ネイトが「なにそれ!?」と食いつき、食べてみたいねという話になったのだ。

本には簡単な作り方しか書いていなかったので、皮だけは家で何度か研究してきた。

けれどじゃがいもを包んで食べるのは私も初めてだ。

ドキドキワクワク。

手が空いた人からピクニックの準備をしてもらう。

もちろん出来立てのじゃがいも饅頭とマヨネーズも持っていってもらう。

その間私はロザリアとサプライズの準備。

薄く切ったじゃがいもを揚げる。ポテトチップスだ。

薄く切るのも、揚げるのも慣れない私には危ないとのことでロザリアがやってくれる。

私は、限りなく薄く切られたじゃがいもの水気を拭く係だ。

いい色になってきた。やっぱり味は塩！

パーティ会場にサプライズを入れたバスケットを持っていく。

もう準備は万端だ！

みんなでじゃがいもの収穫祝ってお水で乾杯！

そして早速じゃがいも饅頭にマヨネーズを一匙かけてがぶりと食らいつく。

ここでは行儀とか気にしないことにする。

んんんー！　美味しい！

この塩味がなんともいい。周りを見渡すと2個目に手を伸ばしている子も。

やった！　成功だー。

ひとしきり饅頭を食べると、バスケットに注がれる視線。

満を持して、バスケットを開ける。

最初に手を出したネイトの「うま……」の声を合図に、手が伸びてくる、伸びてくる。

あっちこっちでカリッ、パリッと音が鳴り、あっという間に完売した。

「もうおわり!?　まだ食べたい！」

うん。わかる。この味は、やめられない、止まらないってやつだよね。


じゃがいもパーティから帰ってきた。

汗まみれの泥まみれなので、さっと湯浴みをして魔法の勉強。

今日はパーティに行きたかったので、予定を色々ずらしていたのだ。

だから30分だけ魔法の勉強をしたら、すぐさま算術ドリルをしようと思う。

今は4桁の四則演算。

10〜20個の4桁の数字をどれだけ速く計算するか、時間を測ってタイムトライアル。

お陰様で難しい計算は無理だけど、簡単な計算はかなり速くなってきた。

計算力で大きな商店の事務とかなれないかな？

流石に計算だけじゃ……無理か。

魔法に関しては未だに魔力操作の練習ばかりしている。

血液のように魔力を全身に巡らせるのはできるようになった。

できるようになってからもウォーミングアップがてら巡らせているので、かなり速く、スムーズに体内で魔力を移動させられる。

それに魔力をめぐらすと、体がぽかぽかして疲れが取れたような気がするのよね。

だから「疲れたー」と伸びをする感覚で巡らせている。


魔力を自分の周りに放出するのもできるようになった。

自分がすっぽり入るくらいの球体状に魔力を放出するのだ。

これは放出する量がかなり多いから、魔力消費が大きくて疲れやすい。

ゆえにできるようになってからはあまりやってないのだが、この前久しぶりにやったら以前より疲れなくなっていて驚いた。

ちょっとした事だけど、成長を感じて嬉しい。

先日やっとできるようになったのが、魔力を範囲内にとどめること。

球体の時も、一応自分がイメージした球体より外に出ないようにするんだけど、球が大きいからそこまで難しくない。

その範囲が狭くなると途端に難しい。

まず手に魔力を集める。すると手が燃えているように手の周りに魔力がゆらめくのが普通。

それを手の内側に閉じ込める。体表から1ミリも出さないように。

これがかなり難しい。

ちょっと集中切らしただけですぐゆらゆら出てくるのだ。

それが右手でできるようになり、左手でできるようになり、足でもできるようになった。

そしたら、今までなんとなく心臓の辺りが白く光っているなという感じで魔力が見えていたんだけど、その奥に魔力の源っていうのかな？　魔力が出てくる球体状のものが見えるようになった。

だから今日からはこの球の中に押し込める練習。

球の中心に魔力を集めるイメージで集中させる。

どんどん球の中に入ってきた。

お、意外に簡単かな？

そう思っていたところで、集まった魔力がまたふわふわ離散していく。

Ｎｏｏｏｏ！

難しかった。とても。

結局、次の算術の時間まで何度も練習したけれど出来なかった。

魔力も切れそうになったので、魔法の練習は切り上げてチャイ休憩を取る。

やっぱり本が読めるだけのライブラリアンには魔法の素養がないんだろうな。

そもそも魔法の勉強をしてもライブラリアンってどうやってスキルアップ目指せばいいのだろうか。

✴

子供たちが寝静まったある夜のこと。ドレイト男爵夫妻のいる夫婦の間は夫妻がいるにもかかわらず、しんと静まり返っていた。

突如、妻のマティスが零す。

「なんであの子なの！　ずっといないライブラリアンだなんて！　あの子は好色な貴族に貰われるか平民となるしか道がないではありませんか。あの子の将来を考えると不安で仕方ないのに、私は母親なのに、私は、私は、何もできない！」

「あの子が頑張ればいい仕事につけるかもしれないし、平民になって愛する人と暮らす方が幸せかもしれないよ」

そう答えたが、それが口先だけの慰めであることは私自身わかっている。

「本当にそう思っていらっしゃいますの？　テルミスは学校に通えません。学校も出ずにいい仕事につくのは難しいわ。平民の暮らしだって……ご存じでしょう？」

マティスの言う通りだ。

平民が不幸とは言わない。幸せだと思っている平民はたくさんいるだろう。

だが、戦争になれば最初に犠牲になるのはいつだって力の弱いものだし、冬が厳しく餓死、凍死する者も多い。

病気になっても医師にかかれなかったりもするし、トラブルに巻き込まれれば命はない。

それほど平民の暮らしは厳しい。

それでも……。

「最低最悪の貴族に嫁げばあの子はどうなるか」

「スキルがライブラリアンというだけで、他はとてもいい子よ。こんな現実を6歳で理解し、泣くでも拗ねるでも、投げやりになるでもなく、今の自分に何ができるかと考え一つ一つ努力して……」

ツーっと涙を流すマティスを抱きしめる。

子供たちの前では気丈に振る舞っているが、テルミスがライブラリアンと分かってから、あまりよく眠れていないようだ。

かく言う私もじわじわと胸に不安が膨れ眠れない時がある。

「マティス。大丈夫だ。あの子は私たちの子だ。確かにあの子の将来は厳しい。でもきっとあの子自身の幸せを見つけてくれるはずだ。それに私たちだってまだ諦めてない。最善を尽くすんだ。最善を。そうだろ？」

「そ……うね。あの子がまだ諦めてないのですもの。私が泣き暮らしてはあの子に見せる顔がない

わね。メリンダから報告があったわ。怠けてしまわないようにメリンダに監督をお願いしているのですって。まだスムーズに読めないからと音読したり、知らない単語を辞書で調べたり。中でも算術は目を見張る速さだとか」

「ほう。それはすごいな」

6歳から家庭教師をつけるのは一部の高位貴族くらいだろうし、その高位貴族もカリキュラムは家庭教師がたて、子供を管理する。

それでも逃げ出したり、わがままを言ったりして勉強にならない子息も多いと聞くのに、娘は自発的に……。

先日のフロアワイパーだっていい商品だ。あれは売れるだろう。

だからこそすぐに特許を取得し、販売計画を立てた。

あの子は困ったことがあっても、それを解決するための手段を考えることが出来る。

すごいではないか。

スキルがライブラリアンだからなんだ。

無理矢理勉強させられ、何も自分の頭で考えることもない子より何百倍も優秀ではないか！

そうだ。まだ諦めない。

妻にも言ったばかりだ。あの子が諦める前に私が諦めてどうする。

何か道はあるはずだ。

こんなスキル至上主義な国なんてクソ喰らえだ！

第四章✴役立たず

最近私はよく厨房に遊びに行っている。

私の活動範囲は自室と庭、孤児院だけだったので、活動範囲が広がって地味に嬉しい。

ちなみに厨房通いのきっかけはじゃがいもパーティだ。

パーティの前にじゃがいも饅頭の皮を作れるように厨房で試行錯誤したのだ。

料理人のラッシュは、初めての料理に興味津々でまた本で新しい料理を見たら教えてくれと頼まれている。

この世界は（いや我が家だけ？）お茶会という社交場があるというのに、デザートはケーキ、クッキーばかりだし、ケーキも生クリームを使ったものではなくて、パウンドケーキ。

とても美味しい。

とても美味しいが、たまには焼き菓子以外のお菓子を食べたいと思う。

思い立ったら吉日ということで、そんな欲求に気づいた日から、夜寝る前の読書はあらゆるデザートのレシピ本になった。

けれど残念なことに読んでも、読んでも、味が想像できず、食べたい気持ちにはならなかった。

仕方ない。

なんとなくしか作り方はわからないが、作ってみよう。

厨房にて。


「プリンを作ろうと思います」

「プリン……ですか？　どういうものでしょう？」

「卵と牛乳、砂糖を混ぜたものを石窯で蒸し焼きにするデザートです。ただ、詳細なレシピはわかりません。だから何度か失敗すると思うのですが、作るのを手伝ってくれますか？」

「そりゃ面白い。ライブラリアンで読んだ情報ですか？」

「ええ。でも詳しいレシピまでは載っていなかったの」

嘘だ。こちらの世界のレシピ本に載っているデザートは味が想像出来ず、作りたいと思わなかったのだ。

だからプリンは前世の知識。

詳しいレシピがわからないところを見ると、それほどお菓子作りは得意じゃなかったんだろうな。

「さて、何からしましょうか」

「あとで焼きますから、ラッシュは石窯に火を入れてください。使う材料は砂糖、牛乳、卵ですね。分量が分からないので、まずは卵1個と牛乳1カップで作ってみましょ。砂糖も……わからないからこのスプーンで5杯くらいから始めましょう」

私は、砂糖、牛乳を計量して、卵と一緒にボウルへ。

火をつけたラッシュが戻ってきて、泡立て器で混ぜる。

あらかた混ざったら濾《こ》し器で濾しながら、ココットへ。小さめの器で四つできた。

お湯を張った天板の上にココットを並べて、いざ石窯へ！

工程だけは簡単だから出来そうな気がするのだけど……。

ラッシュは火魔法使い。石窯の管理はお手のものだ。

厨房に甘い香りが立ち込める。

ん～いい匂い！　これはいい感じじゃない？

そう思っていたけれど、結果としてはゆるゆるで、甘々。

失敗だ。

とろんとした食感と甘さにラッシュは衝撃を受けていたけど……まだ失敗だから！

ゆるいのは、卵が少ないから？

それとももうちょっと焼けば大丈夫かな？

「ラッシュ。残りの三つをもう10分焼いてみましょ。焼き時間が少ないのかもしれないわ」

しかし、10分経って出てきたものはやっぱりゆるゆるだった。

その後も卵を増やしてみたり、砂糖を減らしてみたり。

結果は、固まったものの表面がボコボコになってしまい滑らかなプリンには程遠かった。

その理由はまだわからないが、今日は急に厨房で試作を始めたからこれで終わり。

今から厨房は夕飯に向けて忙しくなるのだ。

「お嬢様！　俺これ研究してみます」とラッシュが言ってくれたので、一度任せることにした。スが入ってボソボソしていたが、久しぶりのプリンに大満足だった。

✴

毎年年の瀬が近づくと、館の中は忙しい。

特に12月の11日から25日の２週間はてんてこまいだ。

年始には王都で領地の報告会がある。

もちろん、領地持ち貴族が一堂に集まるのだから、社交の予定もびっしり。

つまり今の時期は年始の報告及び社交に向けて、領内からあらゆる情報を集め、今年を振り返り、来年以降の領地経営の戦略を立てる時期なのだ。

それに25日には、ささやかながら慰労パーティもある。

まだ子供である兄様と私はさほど影響はないけれど、挨拶はするし、子供が来れば相手しなければならない。

この半月はいつも通りに過ごすことは無理そうだ。

この時期だけは掃除をメリンダに任せ、その時間で魔法と伝記の続きを読むことにする。

倒れたら困るから魔法は、感覚を忘れないための15分だけ。

魔法も言語も運動もなんでも、使わなければ忘れていく。

一日休めばそれを取り戻すのに何日もかかるのだ。

だからちょっとでもいいから続ける。

お客様が帰った後は、もう一度15分ほど魔法の勉強。

そして、算術ドリルも15分やろう。

その後は……5分でも10分でもいいから刺繍もしなければ。

やっと怠け者が改善してきたのだ。

忙しいからといつもしてきたことを全部やめてしまったら、きっとまた元の怠け者の私になる。

怠け者復活を恐れてちょこちょこ勉強や刺繍をこなし、やっと最終日のパーティの日。

私も参加するので、母様セレクトのピンクのドレスを着ている。

ドレスを見た時には、「うひゃー。可愛すぎるよ……せめてフリフリやめてー」と思ったけれど、着てみると6歳の私にはよく似合っていた。

幼いこの時期限定の可愛さがある。うん。着られる時に着ておこう。

ちょっと恥ずかしいけど、可愛いし。


今日は年に1度、6歳以上の領内の有力者が集まるパーティ。

私は今年6歳になったから、去年までは参加したことなかった。

大広間にはすでに沢山の貴族たちが詰めかけている。

「ドレイト家ベルン様、マティス様、マリウス様、テルミス様。入場！」

エスコートは兄様だ。

兄様の手をとって、なるべく優雅に歩く。

壇上まで上がると、ドラステア男爵御一家がさっと私たち家族の前にやってきて、右手を胸に当て頭を垂れ、父様と挨拶を交わす。

父様が、初めて社交に出てきた私の紹介をしてくれるので、私は紹介されたら「テルミスと申します。未熟者ですがよろしくお願いします」と言ってカーテシーをする。

ドラステア男爵一家との挨拶が終わったら、また次の人に自己紹介してカーテシーをする……その永遠リピート。

ちなみに平民を目指していた私は最低限のマナーしか受けてないので1ヶ月カーテシーと歩行と淑女の微笑みだけみっちりしごかれた。

体幹が強くなった気がする。はぁ。

やっと挨拶が終わったら、授賞式と壮行会だ。

王立魔法学校で首席を取った者を褒め称え、王宮付に配属になった騎士や文官を送り出す式だ。

しかし小さなドレイト領は人材も少なく、授賞式が開かれることは稀で、壮行会も例年一人か二人なんだそう。

今年もやっぱり授賞式は開催されず、文官が一人王宮付になるとのことだった。

その後は軽食をつまみつつ、大人たちは大人たちで、子供たちは子供たちで集まり、話をする。

12歳まで学校がないから、兄弟以外の子供たちと話せる貴重な機会なのだ。

私は初めてなので兄様に付いて歩くことになっている。

「久しぶりだな。アルフレッド」

アルフレッド様とは確か、兄様の二つ上で領内一の強さを誇る方。

兄様とは一緒に剣術の訓練をしていて、今年から王立魔法学校に通っているはずだ。

「マリウス。久しぶり。テルミスも大きくなったな。あ、俺のことは覚えてないか……」

え？　アルフレッド様とは初めてだったと思ったのだけど？

どこかで会っていただろうか？

「テルミスが覚えてなくても無理はない。３年くらい前にはアルフレッドはよくうちにきて３人で遊んでいたんだ。それからアルフレッドは領の騎士団に訓練生として入団したから、ここ数年は家に来ていないしね」

３年前なら、まだ3歳か。

覚えてないのも納得だ。

「改めて、久しぶり。小さな頃はよく遊んでいたから一方的に妹のように思っていたんだ。これからはテルミスも……あ、テルミス様も社交に出られますから、会うことも増えるでしょう。僕のことは第二の兄くらいに思っていただけると嬉しいです」

私のことを妹のように思ってくれていたというアルフレッド様は私が覚えていないことに配慮して、途中から敬称をつけ淑女として扱ってくれた。

けれど、それがなんだか寂しくて。

兄ならば敬称も敬語もやめてくれとお願いし、それなら僕にもやめてくれと言うことで、私はアルフレッド兄様と呼ぶことにした。

アルフレッド兄様は一瞬目を見開き、了承してくれた。

アルフレッド兄様は今年から王立魔法学校に通っているので、話題は自然と学校の話になった。

「学校ではどんな勉強をするのですか？」

「共通座学は言語、歴史、算術だな。あとはコースによって違う。私が選択している騎士コースは魔物の倒し方や兵法を学ぶ。座学はまとめて午前で、午後からはひたすら実践だ」

午後の実践とやらを聞くと、毎日が魔法有りの格闘技大会のような有様で、いつか父様の言った通り、本を読めるだけのライブラリアンの私には学校卒業は無理そうだと確信した。

「そう言えば、テルミスのスキルはなんだったの？」

とうとうきたか。この質問……。

「ライブラリアンでした。いろいろな本が読めるのはいいのですが、あまり強くはなれなそうで、どう使うべきか悩んでいます」

アルフレッド兄様は一瞬顔を曇らせたけれど、すぐににこやかな笑みを向けてどんな本を読んでいるのかなどと話を広げてくれた。

周囲では「ライブラリアンって何？」という子たちと明らかに馬鹿にしたようなヒソヒソ声が聞こえるが気にしない。

最初からわかっていたことだ。

そんな時。

「ライブラリアンとは珍しい。あまり聞かないスキル名ですが、どのような役に立つので？」

「イヴァン！」

アルフレッド兄様が咎《とが》める。

あれは、ドラステア男爵のご長男イヴァン様ね。

イヴァン様の言葉は、無知を装いながらも明らかに馬鹿にしたものだ。

トリフォニア王国は、スキル至上主義。

中でも重宝されるのは、攻撃魔法が使える火魔法、水魔法、風魔法、地魔法、そして救護などの後方支援のできる聖魔法の五つ。

つまり戦いに使えるか使えないかという観点だ。

それ以外は植物を意のままに成長促進できる緑魔法と分かりやすく体の機能が引き上がる身体強化魔法も重宝されている。

本ばかり読んで使えない奴という悪評を抜きにしても、攻撃魔法も、聖魔法も使えないライブラリアンは、スキル至上主義のこの国で地位が低い。

仕事にもつながらず、悪評もあるのだから最底辺のスキルと言っても過言ではない。

マリウス兄様とアルフレッド兄様は眉間に皺を寄せ、かなりご立腹だ。

さらに兄様たちが庇ってくれようとしていたが、それを制して話す。

面倒だけれど、きっとこれから何度も言われることだ。

今のうちにいい返答を練習しておこう。

「本とはすなわち英知の結晶。役立て方は無数にもございましょう。貴方が貴方のできることをするように、私は私の、ライブラリアンの私にできることをするのみですわ」

「なんとご立派なお言葉でしょう。期待していますよ」


はぁ。敵対されるのは疲れる。彼とは今後あまり関わらないようにしたいなぁ。

「テルミス大丈夫か？　八つも下の女の子に向ける言葉とは思えないな。あんなのは、気にしなくていいからね」

「大丈夫です。マリウス兄様。今この国であまり重視されてないスキルであることは事実ですもの」

「それにしても英知の結晶か。確かにそうだな。さっき話した学校の試合でも単純な攻撃力だけでなく、授業で習う兵法を駆使して戦略を立てるチームは強い。知識は大事だと私も思う」

「ありがとうございます。アルフレッド兄様」

空がオレンジに染まりかけた頃、私たち子供は解散となった。

やっと終わった年末の社交に気が抜けたのか、自室に戻り湯浴みをしたら倒れるように眠りについた。

前世があるとは言え、周囲の注目を浴び、嘲笑を受けたのは初めてだった。

パーティ中はなんとか気にしないように過ごしていたけれど、一人になれば違う。

無防備になった心にはじわじわ悲しみと不安が渦巻き、思考が鈍化する。

頑張れば何かできるはず、頑張れば役に立てるはず、頑張れば幸せになれるはずと前を向いていた気持ちも、もうどうにでもなれと思ってしまう。

やらなければならないことはいっぱいある。学ぶこともたくさんある。

だけどやる気が起きない。

結局私はパーティから何日もの間、掃除も、勉強も、刺繍もしなくなってしまった。

ただベッドの上でごろごろと本を読んでいるだけ。

もちろんメリンダが何度も「勉強の時間ですよ」「掃除しませんか」「刺繍の道具を用意しましょうか」と促してくれた。

だけど、その全てに私は「また今度」「調子が悪い」「やりたくない」と言ってやらなかったのだ。

本当に、本当に……私は根っからの怠け者だ。

✴

パーティが終わってもぬけの殻になって毎日ダラダラ過ごしていた私が復活したのは年が明けてからだった。

父様と母様は年始の挨拶のため王都へ出発していない。

マリウス兄様はアルフレッド兄様が王都に戻られるまで一緒に稽古に励んでいる。

だから館の中は静まり返っている……はずだった。

なんだか外が騒がしいなぁ。誰か来たのかな？

「お嬢様……お嬢様に会いたいと申す者が来ているのですが、いかがなさいますか？」

「私に？　誰かしら？」

「ラッシュの妹サリー様です。なんでもプリンを作ったので見てほしいとか」

「プリン！　是非食べま……いえ、是非会いたいわ」

応接間に行くと、いつもは厨房にいるラッシュの隣に赤毛の女の子が座っている。

この子が妹のサリーさんかな？

「お嬢様すみません。急にこいつが来てしまって。お嬢様に教えてもらったプリンなのですが、味、焼き加減は安定したものの、どうしても表面がボコボコになってしまうのは改善できず、こいつに相談してみたんです。そしたら……寝食忘れて研究したらしく、ボコボコにならないプリンができたと、お嬢様に見てもらいたいと突然やってきてしまいまして」

「すみません。初めて見たお菓子だったので、できたのが嬉しくてお嬢様の都合も考えず来てしまいました……」

見るからにシュンとしている。

ラッシュに怒られたんだろうな。ふふふ。

「でも、出来には自信があります！　是非食べてみてください！」

「こら！　まだ話の途中だろうが。お嬢様に迷惑かけるんじゃない！」

ずいっとかごを差し出す彼女に諫めるラッシュ。

なんだか微笑ましい。

「ラッシュ。領内会議で忙しい中研究してくれてありがとう。サリー様もありがとうございます。是非食べてみたいです。メリンダ、お茶お願いできるかしら」

「かしこまりました」

お茶の用意が整った。

お皿の上にはプルンプルンのプリン、カラメルソースもなんだか良さそう。

うわぁ～！　プリンだ！　本物だ～！

一口食べる。

やっぱりプリンだ――――！

淑女の仮面の下で一人拍手喝采だ。

あー本当に嬉しい。

やっと焼き菓子以外のお菓子にたどり着いた。

「こ、これです。食感もなめらかで、ソースのほのかに感じる苦みとプリンの甘みがたまりません！　サリー様、ありがとうございます。大変だったのではございませんか？」

「いえ、おにい……兄が既に材料の比率を研究していたので、私はボコボコの正体を探るだけだったのです。とはいえ、このようなお菓子は作ったことはもちろん、食べたことも見たこともありませんでしたので、ちょっぴり苦労しました。へへへ」

嬉しそうに話すサリー様に何がボコボコの原因だったか聞いてみると、加熱の温度、時間の他にも原因があったようだ。

それが、卵液のかき混ぜ方。

しっかり混ざるよう泡立つほどかき混ぜてしまっていたので、空気を含み、ボコボコになってしまったのだとか。

楽しそうに幾度もの失敗を経てやっと成功したと語るサリー様。

ラッシュが寝食を忘れて研究したと言っていたので、仕事や家庭にも支障がでたのではないだろうか。

もしそうなら申し訳ない。そう思ったのだが……。

「サリーは結婚していませんし、料理バカで美味いもの作るのが好きなんです。仕事は下働きで野菜の皮を剝くだけだったり、皿洗ったりと言った面白みもない業務なので仕事よりお嬢様のプリンの方が楽しかったはずですよ。そうだろ?」

「バカはないでしょ。バカは！　もう！　でも本当です。この数日とても楽しかったんです。仕事も結婚もどうでもいいくらい。だから全然気にしないで下さい。むしろ、ご迷惑でなければ何か新しい料理があったら教えてほしいと思っているくらいです！」

二人は仲の良い兄弟のようで、軽口をたたいているが、私は別のことが気になってしまった。

サリー様は多分15歳以上。

結婚していてもいいくらいの歳だし、こんなに熱意があって、新しい調理法で料理できるくらいだから料理人としても秀でているのではないだろうか？

皿洗いと野菜の皮剝きレベルじゃないと思う……。

何より領主邸で料理人をするラッシュが頼るくらいなのだ。

絶対野菜の皮剝きレベルじゃない！

「あの。私は料理の上手下手はあまりわからないのですが、ラッシュが頼るくらいですし、サリー様はとても優秀な料理人なのではありませんか？」

「いえ！　あの……すみません。料理は好きなのですが、料理人ではありません」

「妹の腕は確かですよ。熱意もある。だけど無理なのです」

ラッシュが言うには、料理人は店で雇われながらその店で技術を高めるのだそうだ。

雑用仕事をしながら、先輩料理人の手つきを見、真似し、指導してもらう。

最初は賄い飯しか作らしてもらえない。

だがそれに合格すれば、小鉢、次はスープ……と徐々に任せてもらえる料理が増える。

仕事場こそが修行場であり、そこで認められて初めてその店の料理人となったり、新たに店を出したりすることができるのだそうだ。

だが女性は、そもそもこの料理人候補になれず、料理人候補がいない店の雑用係にしか採用されないのだと。

「そんな！　では才能があっても女性というだけで料理人にはなれないのですか」

「そうですね。なので、普通は料理人になるのを諦めて、料理上手な女性として嫁いでいくのですが、妹は料理人の夢を捨てきれず、料理人になるまで結婚しないと言い張っておりますので、未だ独身です」

確かにその理由では……諦めきれないだろう。

基礎はラッシュが教えたようだが、雇ってもらえないとするとサリー様は独学でここまで極めたということだ。

それはきっと並大抵の努力ではない。

なんだか猛烈に腹が立つ。

女性だからって、夢を追いかけることすらできないなんて。

こんなに優秀なのに皿洗いと皮剝きしかできないなんて！

サリーさんの話は、ライブラリアンというだけで将来が狭まった自分とも重なって見えた。

貴族としてやっていけないなら、平民になればいいじゃないと思っていたけれど、平民になったところで私は女。

平民はスキルをそれほど重視しないから結婚はしやすくなるかもしれないけれど、職業選択は厳しそうだ。

「サリー様は今後どうするつもりなのですか？」

「自分でも馬鹿だとは思うのですが、諦めきれないのです。結婚なんて考えられません。今お金を貯めているので、貯まったら別の地で挑戦してみようかと悩んでいます」

「ムカつきますね……」

気づけば心の声が口をついて出てきた。

「「お嬢様!?」」

混乱するサリー様の右手を両の手でしっかりと握る。

「サリー様一緒に頑張りましょう！　ムカつく理不尽を打ち倒してやるのです。私のパティシエになってください！」

「お嬢様?? ぱてぃしえって……え?」

「お菓子作り専門の料理人のことですわ！　うんとおいしいお菓子のお店を作りましょう！　女性だからなんなのです！　女性でもできるってこと見せてやりましょう！」

サリー様の手が私の手をガツンと掴んだ。

「やります！　いや、やらせてください！」

熱い気持ちが先走り、淑女の仮面が剝がれた気がする。

サリー様ときつく握手をしながらふと冷静になり、そう思った。

思ったと同時にノックがして、扉が開く。

「テルミス。元気になったんだね。部屋から出てこないから心配したよ」

「マリウス兄様！　アルフレッド兄様!?　どうしてこちらに?」

聞かれていた！

兄様たちはパーティ以来ふさぎ込んでいた私を心配して、来てくれたようだ。

あぁ。なんというタイミング！

ククッ。

「ん？　どうした？」

「いや面白いなと思って」

「いくらアルフレッドでもテルミスはやらないよ」

むくれた顔で釘をさしてくるのは俺の友人マリウスだ。

「大丈夫。まだそういう気持ちじゃないから」

「まだって……おい」

パーティの時に久しぶりに会った友人の妹は、６歳なのにまるで同い年かと錯覚するくらい落ち着いていた。

たった3年でこんなにも成長するんだな。人って。

＊

学園の話題からスキルの話題に変わった時も。

最初からいい反応はないとわかっていたのだろう。少し目を下げたが、それはほんの一瞬。

不遇なスキルでも何か役立てることがないか模索しているという。

イヴァンが嫌みを言いにきた時だって、俺もマリウスも眉間に皺を寄せて、明らかに不愉快とわ

かる顔で臨戦態勢だったのに、
庇おうとした俺たちを制すかのようにサッと前に出て、自分で受け答えしたんだ。

しかも、嫌みに反応して怒るでもなく、ひどいとなじるでもなく、冷静に正論を。

八つも上の男から嫌みを言われたら、普通泣くか逃げるかだと思うんだけど……強いんだな。

逆にイヴァンは八つも下の女の子に迎撃され恥をかいていた。


パーティが終わって、その翌日からマリウスと訓練漬けの日々が始まった。

強い妹のことなんて全く心配してなかった。

俺の中ではもう終わった話だったのだ。

でも数日経って、マリウスが妹を心配している。

食事量も口数も減り、以前は勉強したり孤児院に行ったりしていたらしいが、全く何もしなくなり、ボーッと本を読むだけになっているらしい。

今は王都での社交シーズンのため両親もおらず、心配だという。

あの子が!?　あんなに強いのに……そう思ってハッとした。

強く見えても、まだ6歳だった。

初めての社交だった。

きっと悪意ある視線に晒されたのも初めてだろうに……。

いつのまにか自分と同レベルで考えてしまっていた。

まだ庇護されるべき年齢だったのに、何をしているんだ。自分は。

「今日の訓練はこのくらいにしないか？　落ち込んでいるなら気晴らしに3人で遠乗りに行こう」

と言ったのは今朝のこと。

それはいいと二人で館に戻ると何やら騒がしい。

「サリー様一緒に頑張りましょう！　ムカつく理不尽を打ち倒してやるのです。私のパティシエになってください！」

「お嬢様⁇　ぱてぃしえって……え？」

「お菓子作り専門の料理人のことですわ！　うんとおいしいお菓子のお店を作りましょう！　女性だからなんなのです！　女性でもできるってこと見せてやりましょう！」

「やります！　いや、やらせてください！」

あれ？　落ち込んでいるんじゃ？

落ち込んでいると聞いていた妹は完全復活していた。

お菓子職人に熱烈アピールしているみたいだ。

ははっ。

不思議と心配して損した！　とは思わなかった。

楽しそうでよかったとは思ったけど。

差し入れてもらったプリンは美味しかった。

初めて食べる食感で驚いた。

これからお店を作りたいのだという。

こんなに美味しく珍しいお菓子なら売れるだろう。

嫌みを言われて、悪意に晒され、落ち込んでいたと思ったら、事業に着手して復活した。

面白い。

面白いけど……本当に6歳か？

「テルミスはやらんぞ」と睨む彼女の本当の兄であり、僕の親友は本当にめんどくさい。

お嫁に行く時はどうなることやら。

「だから、可愛いけれど流石に6歳の女の子に恋しないから！　妹みたいに思っているって言っているだろう！」

✴

女性だからという理由で料理人になれないサリー様を見て、その理不尽さに腹が立って、その勢いで「パティシエになりましょう」なんて言ったけれど……店を出すって何したらいいのだろう？

いやその前に、父様と母様に後見人になってもらうための説明する内容を考えなければ。

マリウス兄様に言われて気づいたの。

父様か母様が後見人になってくれないと、いくら店を出したくても、無理だって。

そうだった。まだ6歳だった。

後先考えてなさすぎて、無知すぎて、ただ勢いだけでサリー様を巻き込んで。

もう自分の馬鹿さ加減に泣きたい。

でももう巻き込んじゃったから。腹くくって、頑張らないと！

プリンは、この世界にない食感だ。

まったく新しいスイーツだから、新しい物好きは、珍しい物好きは必ず食いつく。

マリウス兄様、アルフレッド兄様、ラッシュもサリー様もメリンダもみんな美味しいと好評だった。

売れる気がする。

でもサリー様以外にまだパティシエはいないし、最初からたくさん人を雇って、たくさんお金かけて、ダメだったら笑えない。

ミニマルスタートで行こう。

新しいもの、珍しいものが大好きなのは貴族、流行に敏感でお金があるのも貴族。

んふふ。

貴族向けに毎日数量限定販売。

価格は高めでどうだろう？　となれば、お店は王都だ。

でも、私が王都に住むのを許可してもらえるだろうか？

あと王都の店舗って家賃どれくらいだろう？

いや、そもそも王都の高級菓子の値段の相場は？

わからないことだらけで販売計画など立てられそうにない。

前世ではインターネット検索である程度分かった情報が、ここでは現地に行かねば全くわからないのだ。

どうしよう？


「テルミス。入ってもいいか」

マリウス兄様！　よかった！　マリウス兄様に相談してみよう。

「マリウス兄様どうぞ」

「お茶でもしないかと思ってね」

1週間ほど前、アルフレッド兄様は王都へ戻って行った。

アルフレッド兄様が戻ってしまわれて物寂しいのか、時間ができたのか、勉強の合間にマリウス兄様はよく遊びに来るようになった。

今年の夏頃からマリウス兄様の勉強、訓練はますますハードになっていて、あまり会えてなかったから嬉しい。

「マリウス兄様は王都へ行ったことありますか？」

「ない。だが再来年から学園だからな、来年の冬の社交の時には連れて行ってもらいたいと思っている。先にちょっと下見しておきたいからな。テルミスは王都に興味があるのか？」

「違うのです。いや、違わないか。お父様、お母様にお菓子屋さんの後見人になっていただくにあたり、販売計画をまとめたいと思っているのです。貴族向けに王都で売りたいのですが、家賃がいくらなのかも、どれくらいの価格で売るのが妥当なのかも何もかもわからなくて」

無計画にサリー様を巻き込んでしまったとがっくり来ている私と目を見開くマリウス兄様。

「あの……マリウス兄様？」

「あ……あぁ。そういうことは、僕もわからないな。兄なのに役に立たなくてごめんね。でも僕もテルミスもまだ子供だ。だから、完璧な計画でなくてもいいと思うよ」

「どういうことですか？」

「今テルミスは一生懸命、どうやったら売れるのか考えたんだろ？　計画を立てるにあたり、何が足りないかもわかっている。じゃあそのまま父様に相談してみればいい。父様ならいまテルミスが知りたいことを知っているはずだよ」

確かに。父様なら毎年王都に行っているから知っているだろう。

そっか。完璧じゃなくてもいいんだ。

「販売計画だって、今テルミスは王都が最善だと思っているみたいだけど、もしかしたら違う方法もあるかもしれない。そこまで考えてあるなら、まずは相談した方が絶対いい。信頼できる大人には頼るべきだよ」

「マリウス兄様……。本当にそうですね。マリウス兄様に相談してよかった！　マリウス兄様に相談してなければ、私ずっとウダウダ考えているだけになっていたもの。ありがとうございます！」

兄様に相談して、販売計画は父様たちの意見を聞くことにした。

そうなれば、今私にできることは一つだけ。商品を作るのだ。

プリン一つで出店は心許ないとサリー様にカラバッサのプリンを作ってもらう。

材料の手配を頼むとメリンダは目を丸くしていた。

「カラバッサですか？」

カラバッサは蒸すとほくほくして甘味のあるオレンジの野菜だ。

普通はスープか温野菜に使われる。

前世のかぼちゃに近い味。かぼちゃより濃厚かな？

相変わらず分量など詳しいレシピは知らないから、サリー様にはまた試行錯誤してもらわないといけない。

けれど、工程的には焼く前に蒸して柔らかくして潰したカラバッサを裏漉ししながら、プリン液に入れて混ぜるくらいなので、それほど開発に時間はかからないはず。

「ええ。カラバッサは野菜だけど美味しいはずよ。工程も手紙に書いたけれど、ほとんどプリンと変わらないの。サリー様と都合を合わせてお招きして、試行錯誤するようお願いしてちょうだい。そして、出来たら試食するから、後で持ってきてくれる？　食べてみたいの」

1週間後、父様と母様が王都から帰ってきた。

早速後見人の話をしようと時間をもらう。

不在時の仕事が溜まっていて忙しそうだったけど、1日遅れたところで問題ないと、二日後には
マリウス兄様や私と話をする時間をとってくれた。

マリウス兄様はもう10歳。

あと2年で学校にも通うため、剣術、馬術、魔法の訓練や歴史や算術、外国語などの勉強に加え、
領地経営の勉強もあって大忙しだ。

それなのに私が落ち込んでいる時は、度々顔を見せにきてくれたし、今日父様に話しているのを
聞いて初めて知ったが、騎士たちと一緒に領都の見回りもしていたらしい。

改めて思うけれど……マリウス兄様は優秀すぎる。

どうやったらそんな仕事ができるのかさっぱりわからない。

父様と母様も笑顔だ。ドレイト領は安泰だね。

「テルミスはどうしていたんだ？　いい子にしていたか？」

私のハードルの低さよ。

でも実際不在期間の半分以上はまた堕落生活をしていて、残りの半分は勢いでプリンのお店を作
ることを決めて動いていたんだから……いい子にはしてなかったかな。

「え、ええ。実は新しいお菓子を作っていましたの。お父様とお母様にも食べて欲しくて今日用意
しているのですけれど……いいでしょうか？」

娘の作ったものだからもちろん食べたいと許可をもらったので、メリンダに用意してもらう。

用意したのは、ノーマルなプリンとカラバッサプリンの2種。

サリー様は急な話だったのにカラバッサプリンを完璧に仕上げてくれた。

今日のプリンはお皿に盛るのではなく、新しく作ってもらった小さめで底がぽってり丸いガラス瓶に入れている。

それだけでも可愛いが、ノーマル味にはブルーのチェック柄の布をかけてシルバーリボン、カラバッサプリンは赤のチェック柄の布をかけてシルバーリボンで結んでラッピングしてある。

テイクアウト専用にしたいから、見た目も可愛くしたのだ。

紅茶もメリンダとプリンに合うものを選んだ。

準備はちゃんとしてきたはずだ。

あとは……私がちゃんと説明できるかだ。

頑張らなきゃ。

メリンダが二つのプリンを配って回る。

マリウス兄様は以前食べたことがあるので、今日も食べられるのかと喜んでいる。

「今日は可愛い入れ物に入っているね。青と赤……ということは、僕が食べてない味もあるのかい？」

「そうですわ。一つでは心許ないかと思いまして。新商品です。ふふふ」

「まぁ。可愛い。これは何かしら？」

「お母様。これはプリンというお菓子です。まずは青の方からお召し上がりください」

父様と母様がゆっくりとスプーンを入れ、すくう。

スプーンの上でプリンがふるふる踊る。

父様はそれを目の高さに持ちあげながら、その様子を眺め、ようやく口へと運び入れ、目を見開いた。

「なんだ。このお菓子は。初めての食感だ」

「えぇ。食べた後も重くなく、いくらでも食べられそうですわ」

「実はこのプリン開発にラッシュの妹のサリー様にご協力いただいています。私はサリー様をパティシエに、このプリンでお店を開きたいのです」

「パティ……シエとはなんだ？」

ここからが正念場だ。

父様たちにお店の後見人になってもらわないといけないのだから。

「お菓子職人のことですわ。プリンは今までにない類のお菓子です。新しいもの、流行に目のない貴族、富豪向けにしたいと思っています」

兄様がうんうんとうなずいて聞いてくれる。

その姿に励まされ、ぎゅっと握っていた膝のナプキンに気付く。

「上手く行くかわからないので、今年は完全受注制にして、店舗も借りず、王都のタウンハウスで生産して宅配する形をとりたいです。そうすれば、リスクも少なく、家賃や設備にかかる初期費用も稼げる上、サリー様一人でも回せるので、急いで人材育成しなくても良いし、お客の反応を見ながら3商品目の開発ができるしで、一石三鳥かと思うのですが、いかがでしょう?」

父様と母様がポカンとしている。

しまった！　何も実際のデータがないのに、考えていたことをベラベラ喋りすぎた。

何の根拠もない夢物語なのに。

「あ、あの……た、ただ私は王都へ行ったことはありませんし、店舗経営も未経験ですので、店舗の家賃、運営費がどれくらいかかるのかとか、王都の高級菓子がいくら程なのか、人件費はどれくらいが妥当なのか、そもそもどうやって売り込めばいいのか皆目見当がつかなくて……そこら辺をお父様たちにご教授いただきたく……いや、その前に売れそうだと思っていただけたら……あの……後見人になってもらい……たいな……と思っています」

ちらっとマリウス兄様を見ると、よく頑張ったなとにっこり笑ってくれた。

ほっ。

「ちなみに赤も食べていいか?」と聞かれて、カラバッサプリンを勧めてないことに気づく。

忘れていた！

カラバッサのプリンだというと皆とても驚いていた。

そしてカラバッサプリンに心奪われた母様が後見人に名乗り出てくれた。

事業についても相談に乗ってくれるらしい。

一歩前進だ。

サリー様が来た翌日から私はまた掃除や勉強を再開した。

久しぶりの掃除はとても疲れて、数日サボっただけなのに体が鈍っているのがよくわかった。

ならば魔法も鈍っているのかと思いきや、圧縮も操作も問題なくでき驚いたものだ。

よく考えてみれば、サボっていた期間は一日中本読んでいた。

読書だから何も魔法なんて使ってなさそうだけど、私のスキルはライブラリアン。

つまりスキルを使って本を読むので、一日中魔法使っていたことになる。

よく魔力切れ起こさなかったな。

1年前より魔力が増えたのかもしれない。

当たり前のことではあるけれど、ライブラリアン以外の魔法は未だに使えない。

スキル以外の魔法は使えない。

それは当たり前のことだ。

けれど私の読んでいる『魔法の基本』にはそういった記述が一切ない。

だからこそ私ももしかしたら魔法使えるようになるのでは？　と期待していたのだ。


本によると魔法の習得は大きく分けて3ステップ。

1．魔力感知
2．魔力操作

3．イメージによる魔法の発現

1年程魔法の勉強をしてきて、感知も、操作もできるようになってきた。

けれどどうしても本を読む以外の魔法は使えない。

それでもあきらめきれず、あれこれ魔法関連の本を読み漁った結果、魔法陣を使えば魔法を行使できるのではないかと考えた。

魔法陣はスキル鑑定の魔導具が発明される以前に使われていたものだ。

当時の人々は魔法陣を描き、呪文を唱え魔法を使っていた。

また、魔法陣を使えるようになるまでには訓練が必要だったため、魔法習得には時間がかかった。

しかしスキル鑑定の魔導具が発明されると、鑑定を受けるだけで魔法が行使できるようになる。

魔法陣を描かなくても感覚的にある程度の魔法が使えるようになると、面倒な魔法陣は廃れた。

今は魔法陣を使っている人なんてどこを探してもいない。

それに戦争があって、スキル至上主義になったのも魔法陣が廃れるきっかけだ。

戦いの場において、悠長に魔法陣を描いている暇などないのだ。

役立たずと思われ、廃れた魔法陣だが、私はこれを使わなければ魔法を使えないのだし、役立たずと言われる自分のスキルとも同じに思えた。

役立たずじゃないことを証明してやる！　という意地がもしかしたらあったのかもしれないが、とにかく私はこの魔法陣を使いこなせるようになると決めたのだった。

使いたい魔法はある。

この1年毎日毎日あの魔法が使えたらと思っていたのだ。

ライブラリアンで見つけた『初級魔法陣集』にはまず、火、水、風、地の四つの基礎魔法陣が載っていた。

ただ火を出す、水を出す、風を吹かせる、土を盛り上げる魔法陣だ。

それができるようになったら、大規模から小規模までどの程度の魔法をおこすかのコントロールし、さらには指示する方向へ飛ばしたり、武器に魔法を付与したり、組み合わせて技にしたりの応用編だ。


『初めて描く場合は正確にズレなく描けるようになるまで魔力を込めないこと。正確に描けていないと思わぬ事故になります』


本にそう注釈があったので、ただひたすら正確に、ズレがないように何枚、何十枚と描いていく。

最初はうまく円が描けず、楕円になったりしたけれど……18枚描いてようやく完璧と思われるものに仕上がった。

簡単な魔法陣だったのに18枚もかかってしまった。

出来上がった魔法陣を前にひと呼吸。

ライブラリアン以外の初めての魔法。

本当に私にできるだろうか。
心臓がどくどくと早鐘を打っている。
魔法陣に手を重ね、魔力を少し流してみる。
「風《ヴィエント》」
そよ風が出てきた。
すごい！　できた！　私にも、できた！
練習したら、メリンダみたいに魔法で掃除ができるようになるかもしれない！

第五章✴淑女の勉強

「ネイト！」

「おぉ久しぶりだな！」

今日は久しぶりに孤児院に来ている。

領内会議中はひっきりなしの来客に忙しく、私も護衛も館から出られなかったし、父様たちが王都へ行けば、一緒に護衛も連れていかれるので、護衛騎士が減り、私は暇でも館から出られなかったのだ。

だから約2ヶ月ぶりの孤児院である。

孤児院の庭の片隅に作った畑は、少しずつ拡大しているよう。

収穫して野菜が増えることで、夕食のおかずも増えたのだとか。

余剰分の作物は売り、そのお金を新たな作物の苗や絵本などの購入に充てているという。

領から孤児院に充てられるお金は多くない。

そのお金だけなら衣食住がギリギリ保証されるくらいで、学問に使えるお金はなかった。

それが少しでも自分たちの将来に備えられるようになったのは、ここにいる子たちにとってよかったことだ。

読みだけなら、赤ちゃん以外全員できるのだ。

書きに関しても7割がマスターしているし、残りの3割も半分以上の文字は書けるようになった。

これなら何かしら職に辿り着けると思う。

「いいもの見せてやるよ」と手を引かれた。

ネイトの走りが速くてこけそうになる。

それに気づいて「悪かった」と言うとネイトはヒョイと私を抱えてジャンプした。

「ひゃっ！」

え！　屋根より高いよ！　そう思った途端……降下が始まる。

「お、お、ちるぅぅぅ！」と声を上げた時には地面にたどり着いていた。

へなへなと座り込む私。

「大丈夫か？　身体強化だったら思いっきりジャンプしてみたかったって言ってたじゃん」

言ったけど、告知してほしかった！

ネイトはこの冬6歳になり、スキル鑑定の結果身体強化だったのだ。

ちなみに私の叫び声を聞いて、すっ飛んできた大人にネイトはかなりこってり絞られた。

「変な声出すからバレたじゃん」と私もネイトに怒られた。

そうだよね。ネイト側に立てば、私が望んだこと叶えたら、叫ばれて、叱られているのだ。

理不尽って思うよね。ごめん。

……でも仕方ないと思うんだ。

あの高さ……告知されていても叫ぶ気がする。

一応私も悪かったと思ったので、助け船を出したら、私も怒られてしまった。

ちなみにネイトが見せたかったものはジャンプではなく、その奥のきのこだった。

私がしばらく来ない間に孤児院は畑を拡張するだけでなく、きのこ栽培も始めていた。

あれ？　この孤児院どこへ向かっているのだろうか……。

私が始めたことだけどさ。

「なぁ。きのこは何で食べたら美味しいかなぁ〜。またじゃがいもの時みたいにパーティしようぜ」

「そうねぇ〜。やっぱりシチューかしら？　まだ寒いからあったまるよ」

孤児院に余分な財源はない。

だからパーティなんて、こないだのじゃがいもパーティが初めてだ。

子供たちはじゃがいも畑の前でしたピクニックも収穫の時のパーティもとても楽しかったみたい。

それもあって農作業はかなり積極的なんだとか。

ネイトも「シチューかぁ。いいな！」と嬉しそうだ。

私もきのこパーティ楽しみだ。

孤児院から帰るといつも余裕のあるマリウス兄様がバタバタと急いで父様の執務室へ向かっている。

顔色も悪く、顔面蒼白だ。

何か……あった？

「お兄様！　そんなに急いでどうなさったのです？　顔色もすぐれないようですが……」

「あ、あぁ。ちょっと……急ぎ父様に報告しないといけないことがあってね。テルミスは今帰りかい？」

「はい！　久しぶりに孤児院に行ったらきのこの栽培まで始めていたんですよ。きのこが沢山収穫できたらきのこのシチューでパーティするんです。ふふふ」

兄様の顔が一瞬くもる。

すぐに笑顔で頭をぽんぽん叩いて「それは楽しそうだな」と言って、執務室に入っていった。

兄様の態度がちょっと変だったなとは思ったのだけど、毎日の予定をこなしていくうちにこの違和感はすぐに忘れてしまった。

それから少しして、メリンダから勉強する科目を追加しようと提案があった。

「お嬢様ももう7歳です。将来的には平民になるかもしれないとは聞いていますが、貴族の可能性も残っております。ご自身でたてられた勉強計画に加え、貴族社会で生きるためにある程度必須なマナー、ダンス、護身術も学び始めましょう」

「平民の可能性が高いのだし、こんなに早くから学ばなくても良いのでは？　デビュタントは12歳だし、まだ5年もあるわよ」

マナー、ダンス、護身術……私の苦手そうな科目だ。

「確かに普通の男爵令嬢でしたら、デビュタント1年、2年前から勉強される方がほとんどです」

「だったら、そうしましょ！」

やった！　と喜ぶ前にメリンダがその可能性を否定する。

「しかし！　お嬢様はかなり多忙です。毎日わずかな自由時間があるだけです。詰め込み教育できるだけの時間がありません。それに、お菓子の専門店を作るとなったら、多少は社交の必要性も出てまいります。有名な店ともなれば、平民になっても、資金集めや宣伝のため社交が必要な場合があります。そして、貴族令嬢でも平民の有名菓子店オーナーでも、誘拐などの可能性があるので、護身術は必須です。特に菓子店が動き出した今、この三つは絶対身につけるべきスキルです！」

「はいぃ……」

あまりに正論すぎるメリンダの主張にハイと言うしかなく、明日からの時間割を考えることになった。

なかなか過密スケジュールになりそうな予感。


そして今日から新しい時間割。

6時にメリンダに起こされてベッドから出る。

軽く身支度して、ランニング。

これは護身術の一環だ。

マナー、ダンス、護身術それぞれに今年一年の努力目標が決められているのだが、護身術の目標が『走って逃げられるように体力増加といざという時声を上げられること』なのだ。

指導してくれる先生はいるらしいが、私も先生も毎日護身術にさける時間がない。

そこで、毎日ランニングで体力増強を図りつつ、先生の指導は週1回に落ち着いた。

ちなみに以前までやっていた掃除は、今年はなしだ。

少しでも自由時間をとって欲しいメリンダが譲らなかった。

たしかに自由な時間があったからプリンも作れた。

自由時間の重要性を理解した私に反論もなく、掃除は私の手から離れた。

ランニングは、想像以上に疲れた。

そういえば、運動らしい運動って今まで全くしてなかった。

30分時間をとっていたけれど、走り続けるのは5分が限界で、5分走っては、5分歩き、また5分走っては、また5分歩くの繰り返しだった。

悪人が私を狙ったら、今の私すぐに捕まえられるね。うん。


軽く汗を流して、ちゃんと身なりを整える。

7時半からは、家族みんなでモーニングの時間だ。

今日は白パンに、スクランブルエッグ、カラバッサのスープ、そして果物たくさん。

朝から運動した私はいつもよりお腹が空いて、あっという間に食べてしまった。

部屋に戻って9時までは自由時間。

ランニングの疲れで、ベッドでぐったりしてしまう。

ベッドの上に足を投げ出し、本を読む。


9時になった。

メリンダが刺繍セットを持って時間を知らせてくれる。

ついでに一口で食べられるサンドイッチも持ってきてくれたのを見ると、朝食が足りなかったのはバレていたみたい。美味しい。

刺繍は毎日しないと、腕が錆び付くので、30分だけスケジュールに入れている。

最近は本で読んだ刺し子という方法で刺している。

ワンポイントモチーフを刺すのではなく、布全体に柄を描くような刺繍の方法で、刺すことで布の強化にもなるらしい。


9時半。

今日は月曜日なので護身術を習う。

ちなみに火曜日はマナー、水曜日はダンスを2時間みっちり習う。

木曜日は孤児院だ。

以前は週に2回通っていたけれど、今年は週1回が限界だった。

時間がないなぁ～。

金曜日はサリー様と新商品を考えたり、事業計画を立てたり、必要物資の手配をしたり、なんやかんや開店準備をする。

開店準備についてはこれだけじゃ全く時間が足りないので、必要に応じて自由時間を使うことになりそう。

ん？　土曜日と日曜日？　土日は自由時間。

刺繍の時間をずらせば、ほぼ半日のお休みができ、どこかに外出だってできるのだ！


今日は護身術の訓練なので、訓練所へ。

訓練所と言っても館の裏庭にあるただの何もないスペースだ。

もっぱら兄様が剣と魔法の訓練に使っている。

訓練のためのスペースなので、ここだけは芝生もなく、花もなし。

周りに木が植えてあって、スペースを区切ってあるだけだ。

そんな我が家の訓練所に昨年護衛騎士を引退したゼポット様がニカッと笑い立っていた。

「テルミス様の護身術を担当しますゼポットじゃ。もう引退した老いぼれじゃが、まだまだ若い騎士にも負けておらんよ。しっかり強く育てるので心配無用じゃ。これからよろしく」

老いぼれとゼポット様は言うが、その言葉、口調とは裏腹にその立ち姿、筋肉はまるで現役の騎士。

今日は何するんだろう？

「今日わしはお嬢様を追いかけ、捕まえる。捕まった！　と思ったら、『助けて！』と叫ぶのがお嬢様の役割じゃ。捕まるまでは、必死に逃げる。わかったかな？」

「は、はい。それだけ……でしょうか？」

「あぁ。それだけじゃ。今から１００数えたら追いかけるでな。訓練所内ならどこへ行ってもいいから逃げなさい。さぁ、はじめ！」

これなら簡単そうだ。

ゼポット様にはすぐ捕まってしまいそうだけど、捕まったら「助けて！」と叫べばいいのだから。逃げると言っても私に無限に体力があるわけでもないし、どこかに身を隠すのがいいだろう。

どこか……ないかな？

「40、41、42、43……」

あ、あの木の裏なんてどうだろう。

青々と葉が茂り幹の太さもしっかりある木の後ろに身を潜める。

「96、97、98、99、１００。さて、お嬢様今行きますぞ」

そう言った瞬間、ゼポット様はギロッとこちらを射貫いた。

み、みつ、みつかった！

に、逃げなきゃ……と思うのに、足がすくみ、手が震える。

ゼポット様は走るでもなく、悠々と歩いてまっすぐこちらに向かってくる。

今逃げなければいけないのはわかっている。

わかっているけれど動けないのだ。

こわい……こわい、こわい、こわい。

ついに私の前まできた。「捕まえた」と手を握られる。

それでも私は動けない。

助けてって言わないと……言わないと……。

涙が迫《せ》り上がってくるが動けないし、声も出ない。

もうどうやって息をしているのかもわからない。

「た、たすけて……」って言ったつもりだったのに、耳から聞こえるのはハクハクと息が出る音だけで。

怖い、助けて、逃げたいと思うのに何もできない。

その時パチンと音がした。

ゼポット様が顔の前で手を叩いたのだ。

「訓練とはいえ、怖い思いさせてすまんかった。あっちにお茶の準備をしておる。ちょっと話をしようかの」

怖すぎて立てなかった私を、ゼポット様が抱えて連れて行ってくれる。

怖くて逃げたいような重圧がふっと無くなり、安心してゼポット様にぎゅーっと摑まってしまう。

あぁ。怖かった……。

訓練所の端には、温かいミルクティーとケーキが用意してあった。

「落ち着いたかの。話せるか？　お嬢様に課したのは、逃げること、捕まったら声を上げることじゃったが、どうだった？」

「ゼ、ゼポット様が１００数えてすぐに、こちらを向きました。その瞬間から、怖くて逃げ出したくて、それでも体がピクリとも動きませんでした。近づいて来られるほどに怖くて、逃げなければと思うのに動けず。ついに捕まってしまっても、助けてと叫ばねばと思っても声が出ませんでした。すみません」

「謝らなくていい。わしはそうなるじゃろうと思っておったでな」

ゼポット様もケーキを口に運び、「うん。旨い」なんて言いながら話し始めた。

「護身術というと、仕込んでいた短剣や自らの手や足を使って相手を迎撃する術というのが一般的に知られておる」

そうだ。私も今日は短剣で戦うもんだとばかり思っていた。

確かにそういう護身術もあるらしいが、私のように今まで訓練をしてない令嬢には意味がないのだそうだ。

習得にすごく時間がかかることよりも何よりも、相手の殺気を受けただけで動けなくなってしまうから。

ゼポット様曰く「せっかく習得しても本番で使えなければ意味がないじゃろう？」とのこと。

だからまずはこの怖さの中でも動けるようになることが第一目標。

相手を打ち倒さなくてもいい。

まずは危険な状況に慣れ、その時にどうしたらいいか考え、動けるようになる。

それができるようになってはじめて、逃げるための訓練ができるのだ。

まだスタートラインにも立っていなかった。

「危険な時大事なのは、相手を倒すことじゃない。逃げて、逃げて、生き延びることじゃよ」

ゼポット様はそう言った。

甘いケーキとミルクティーで落ち着きを取り戻した私はそのあと3回ほど同じように追いかけっこをした。

ちなみに最初にした追いかけっこでは、ゼポット様曰くレベル5くらいの殺気を放ったらしい。

レベル5は私にはまだまだ怖すぎるので残りの3回はレベル1にしてもらった。

1回目は、怖かったけれど辛うじて足が動き、近づくゼポット様から1回逃げられた。

けれどそのあと距離がさらに近づくと怖くて動けなくなり、すぐ捕まった。

助けてと言おうとしたがやっぱり声は出なかった。

2回目も同様。

3回目にようやく捕まった時に震えながら「た、たす、け、て」と声に出して言えた。

近くにいても聞こえるか聞こえないかわからないくらい小さい声だったけれど……。

それでもゼポット様は「よくやった！」と褒めてくれた。

嬉しい。

ゼポット様との初めての護身術訓練は、精神的にも体力的にもかなりきつかった。

何度も人生最大の恐怖を味わったのだ。

疲れてしまっても仕方ないと思う。むしろ寝込まなかった私を褒めたい。

疲れ切った私は、ランチを部屋で食べることにした。

心と体が疲れすぎて食欲は湧かない。

温かなスープと少しのパンしか喉を通らなかった。

食事が終わる頃マリウス兄様がきた。

「今日から護身術だろう？　どうだったかい？」

「全然ダメでしたわ。怖くて動けなかったのです」

話しながらレベル5の殺気を思い出してしまい、びくりと震える。

マリウス兄様は一瞬苦悩の表情を浮かべたが、私のそばに寄って安心させるように背中を撫でてくれた。

「テルミスはよく頑張っているな。必要なこととはいえ、怖かったろう。よく頑張ったな」

マリウス兄様に背中を撫でられ、頑張ったと褒められたのは、未だ恐怖が残っていた私の心にストンと落ちてきて、心が温かくなった。

その後マリウス兄様は、家庭教師が来られたため心配そうにしながら戻って行った。

元気が少し出た私は魔法の訓練だ。

怖かったからと言って、初日から計画を崩すと私の性格上どんどん甘えや怠け癖が出てしまう。

1度言い訳してサボったら、2度目のハードルが下がる。

2度目もサボったら、もう簡単に3度目がサボれてしまう。

そして、あとはどんどん4、5、6度目……とサボる回数が増えて、いつの間にか怠けるのが普通になってしまうのだ。

あぁ。恐ろしい怠け癖。

前回は風の基礎魔法陣を発動させてみた。

ただのそよ風だった。

そのあと何度も流す魔力量を変えてみて、ただ風を起こすという基礎魔法はある程度モノにしたと思う。

次は水かな？　と私はまた寸分の狂いなく描けるように水の基礎魔法陣を描く練習をする。

描いて、描いて、12枚目で満足できる仕上がりになった。

さぁ、やってみようと思ったけれど、ここは私の部屋。

ずぶ濡れになるのは困る……。

メリンダに訓練所が空いているか見てきてもらう。

その間、私は地と火の基礎魔法陣を描く練習だ。

空いていたので、水、地、火の魔法陣を持って訓練所へ。

まずは地の魔法を試してみよう。

少しだけ魔力を流す。

「地《テイエラ》」

土がぽこっと盛り上がる。

少し多めに流す。

「地《テイエラ》」

自分の前に土の山ができる。

おぉ！　できた！

せっかく土の山ができたから、山に向かって火を出してみる。

「火《フエゴ》」

でたー！

水も出してみる。

「水《アグア》」

でたー！

けれども……単に土が盛り上がる、火が出る、水が出るじゃ使い勝手悪いんだよなぁ。

ちゃんと意図した分量で、意図した場所に、意図したように発動出来なきゃ意味がない。

例えばこの土の山を元に戻すにはどうしたらいいのだろう？

水を水圧強めで出したり、霧雨のように出したりするには？

例えば悪い奴に追われている時だって、相手と私の間に火の境界線を引ければ逃げられるのに。

魔法の発動は3ステップだった。

1. 魔力感知
2. 魔力操作
3. イメージによる魔法の発現
イメージによる魔法の発現……？　イメージしたらいいのだろうか？

魔法陣を使った魔法でも一緒かな？

失敗してもあまり被害のなさそうな地の魔法陣でやってみる。

「地《ティエラ》」

作った土の山が元の整地になるようイメージしながらゆっくり魔力を流す。

ズボ、ズ、ズボボボ！

土の山は少しずつ沈んで整地になっていく。

やった！　と思ったら集中が途切れたことで、最後は爆発するように弾けた。

残っている土が残りわずかだったから、危なくはなかったけれど、全身砂まみれになってしまった。

魔力ももうほとんどない。

今日はこれで終わろう。

でも魔法が使えるようになった。一歩前進だ！　しかも大きな一歩だ！

少し休憩を挟んで、次は勉強の時間。

去年は文字を読むことと算術ばかりしていたけれど今年は地理、歴史が中心だ。

というのも、今年から始まったマナー講義の目標のせいである。

その目標というのが、服飾関係のマナー事項を覚えることと貴族年鑑を元に国内の貴族の情報を頭に入れるというものだ。

服飾関係のマナー事項とサラッと一言で言っても、その内容はパートナーと色味を合わせる、パーティ毎に許されている肌の露出の割合などの基本的なことはもちろん、どの色が自分には似合うのか、ドレスや髪型のデザインによってどのような印象を残すかなどと言った自己プロデュース力、そして宝石の目利きも含まれているのだ。

護身術の時は、これくらい簡単なのでは？　と侮ってしまったけれど、マナーに関してはスパルタでは？　と思わざるを得ない。

服飾関係に関しては、何をどうやって学べばいいのか皆目わからないので週1のレッスンでなんとかものにするしかないが、貴族の情報を頭に入れることは自主学習でもできるはずだ。

あらかた覚えていれば、週1のレッスン時に貴族関係の勉強に割く時間を短縮して、その分ドレスの話ができるはず。

ドレス関連は本当に自信がないのでなるべくそっちに時間を割きたいのだ。

ここで話は最初に戻るのだが、貴族の大半は昔から脈々と血筋を守ってきた家であるし、有力貴族の多くは領地を持っている。

つまり、地理と歴史を学べば、自ずと多くの貴族の名前を覚えることができるのだ。

今日はさっそく地理から始める。

トリフォニア王国は大陸の半島にあるどちらかと言えば小さな国だ。

半島の中心部に王都があり、王都西側は北からベッケンス伯爵領、マイリス伯爵領と中領地が続き、マイリス伯爵領以南の半島の先端部分はウルマニア公爵領となっている。

王都北は、大陸側に控えるレペレンス王国との国境を守るのはメンティア侯爵領とヴィローザ侯爵領だ。

王都東部はというと、半島と大陸との境から半島先端にあるウルマニア公爵領までの海岸沿い全てをベントゥラ辺境伯爵が担っている。

領土の広さで言えば一番の広さだが、大国クラティエ帝国と山や海を隔てて接するこの地を守れるのは、辺境伯くらいで、海では艦隊を率いて、山では騎馬隊を巧みに使い領地を守っている。

この広大な辺境伯爵領と王都の間にあるのが、有象無象の男爵領郡である。

もちろんここドレイト男爵領もその一つ。

王都には近いが、山が多いことと、圧倒的に領土が狭いのでどの男爵領も突出して栄えてはいない。

王都からは近いが田舎の領地なのだ。

ベッケンス伯爵……マイリス伯爵……。

借りた地図を見ながらまずは領地持ち貴族を覚えようと思ったが、会ったこともない人を覚えるのは難しい。

うーむ。これは覚えるまで何度も見直すしかないか……。

いや、もっといい方法がある！　次の刺繍は地図を刺すことにしよう！

毎日図案を刺していたら嫌でも頭に入るはず。

そうなれば、今日は下絵作り！　一体何を覚えたらいいだろう？

マナーの一環で貴族名を覚えると言っても、きっとただ名前だけ覚えればいいわけではないはず。

地図上には領地名、領境を入れるのはもちろんとして……山や川も入れようか。

うんうん。いい感じだ。

特産品も入れようかと思ったけれど、それなら薬草分布も入れたいし……と情報過多になりそうだったので自重した。

それに大作すぎるとなかなか作り終わらないし。

実際に針を進めるのは明日から。

今日は大きな下絵と貴族年鑑を参照しながら、まずは公爵、侯爵の名前を覚えることにした。

……多すぎる。覚えられるだろうか。


昨日は、朝からランニング、初めての護身術、魔法の勉強に貴族の名前の暗記という初めてのことづくしの日だった。

だからきっと疲れが溜まったのだと思う。

夕飯を終え、湯浴みをしたら、倒れるように寝てしまった。

お陰で睡眠ばっちり！

今日も元気いっぱいランニングができている。

もちろん5分走っては5分歩く、の繰り返しだが。

そして今日は、初めてのマナーレッスン。

講師を務めてくださるのはソフィア夫人。

若い頃は王宮で女官をしていたこともあるそうだ。

マナーのレッスンということで、机に向かって勉強するのではなく、お茶会形式で話をすることになっている。

多分紅茶を飲む姿、お菓子を手にする姿も同時にチェックされているんだろうな。

自己紹介と当たり障りない話を少しして、本題に入る。

「テルミス様はドレスをお作りになったことがありますか？」

「いえ、母が仕立ててくれたのを着ただけで、自分で作ったことはありません」

「ではどんなドレスを着たいですか？」

「そうですね……あまりフリルが多くないシンプルなものがいいですね」

うぅ……どんなドレスが着たいかなんて考えてもなかったから語彙が貧弱。

ソフィア夫人もそれはわかったようで、ドレスの形が描かれた紙を出して説明してくれた。

ドレスの形は基本的に3種類。

一つ目は、高めのウエストからスカート部分がAラインに広がっているドレス。

現在社交界で着用されているドレスの7割がこの形。

残りの3割を占めるのが、スカート部分をさらに膨らませたプリンセスラインと呼ばれるドレス。

これは生地がたっぷり使われていて、とてもゴージャス。若者に人気のドレスだ。

そして、三つ目が昨年王妃様が着用したというマーメイドラインと呼ばれるドレスで、体に密着する大人なドレスだ。

その三つのドレスの絵を見せながら、どの形のドレスが着たいかとソフィア夫人は聞いた。

「マーメイドラインのドレスはシンプルで素敵に見えますが私には似合わない気がします……」

「そうですね。よく見えています。こちらは大人になってからが似合うドレスです。ドレスを選ぶ時は、着たいだけではダメなのです。お顔の印象、体つきによって似合うドレスは変わってきますし、参加される会が夜会なのかお茶会なのかでも違いますし、参加目的によっても違います。では、ドレス選びの際に一番大事なのは何でしょう？」

「その場の雰囲気を乱さないことでしょうか。時と場所、出会う人に合わせることなのではと思ったのですけれど」

「それも正解ですわ。しかし、それでは結果を残せません。社交とは、ただお話をして楽しかったで終わってはならぬのです。情報を得る目的があったり、顔を売る、商品を認知する、素敵な殿方を見つけるなどの目的があったりするものです。楽しくても目的が達成できていなければ、その社交は失敗ですわ。そんな、いわば戦いの中で着用するドレスは、戦闘服。戦いが有利になるようにしなければなりません。どんな私に見られたいか。それが一番大事なのです」

どんな私に見られたいか……。

そんなこと考えたことなかったな。でも、そんなに見た目が大事なのだろうか。

その疑問はきっと私の顔に出ていたのだろう。

「テルミス様、厳しいことを言いますよ。テルミス様がどんなに努力家で、素敵な人であっても、人は見てくれません。努力を無条件に褒めてくれるのは、母親くらいなものです。だから、私たちはアピールしなければなりません。ちゃんと話を聞いてもらえるように。中身を見てもらえるように。物語のヒロインのようにただ待っているだけで幸運が舞い降りてくることはないのですよ」

ソフィア夫人の言葉を聞いて、こんなところでも私は受け身だったことに気が付いた。

後悔しないように今世は努力しようと決めたけど、努力するだけじゃダメだったんだ。

努力していたら誰かが見てくれるなんて幻想。見ていてくれたらラッキーくらいなもの。

あのキラキラした世界は、自分でつかみ取らないと手に入らないのだ。きっと。

今はまだ、自分がどう生きていきたいかなんてわからない。

それでも、行きたい道が見えた時、なりたい私が見つかった時、このマナーの講義はきっと役に立つ。そう思った。

ドレスなんてどうでもいいと思っていた世界が変わった瞬間だった。

その後はいろんな色の紙をドレスの絵に当てて、紺色は知的に見えるとか、赤は派手好きに見えるとざっくばらんに色が与える印象について語り合って、マナーレッスンの初回が終了した。

翌日は初のダンスレッスン。

ちょっと楽しみだったのは、兄様も一緒だったからだ。

高位貴族は幼い頃からみっちり仕込まれ、その後も錆びつかないよう定期的にレッスンを受けるらしいが田舎の男爵家などはデビュタント1、2年前に習得するのが一般的。

恥にならないレベルで踊れたらＯＫ。

だから私もお店を始めようとしなければ兄様と同じ10歳……もしくは11歳で習えばよかった。

それが3年も早まって正直大変だけど、兄様と一緒なのは嬉しい。

まずは姿勢の矯正が入り、基本のステップを習って、兄様と向き合ってステップを踏む。

まだまだダンスというには程遠いが、それでも難しい。

「テルミス様！　笑顔です。下を向かずに。よく音楽を聴いてくださいまし！　ワン、ツー、スリー。ワン、ツー、スリー！」

「マリウス様はステップお上手です！　あとはもっと肩の力を抜いて、歩幅はもっと狭く。テルミス様をよく見て。それとなく観察してください。歩幅が大きいとテルミス様が振り回されるようになってしまいますわ！　よく観察して、お相手が踊りやすくリードするのも紳士の仕事ですわよ。あと笑顔！　余裕を見せてレディに安心感を与えてください！」

兄様は普段から剣の訓練をしていたり、乗馬をしていたり何かと体を動かしているからなのか、小さい時はアルフレッド兄様とよく庭で走り回って遊んでいたからかコツを掴むのが早い。

リズム感も良さそうだ。

その証拠に私も兄様も初めてのダンスだと言うのに、兄様は細かな注意しかされないが、私は基礎的なリズムを注意され続けている。

走り始めたのも数日前からだもんね。それまで、本ばかり読んでいたんだもの。

仕方ない……よね？

仕方ないよと言ってもらえたところで、ダンスしなくてもいいことにはならないし、より一層頑張るしかないわけだけども……。はぁ。

「テルミス大丈夫か？」

レッスンが終わる頃、私はもう一歩も動けないほど疲れていた。

「だい……はぁはぁ……じょうぶ……はっはぁ、はぁー。ふー。ちょっと……ふー……疲れただけ。はーふー。お兄様はダンスもお上手そうですね。私が足を引っ張ってしまって……すみません」

「テルミスはダンス以前に体力の無さが課題だな。まぁ、7歳だし仕方ないことだよ。テルミスは本当によく頑張っているよ」

そう言って兄様は、頭をぽんぽんと叩いて行った。


ダンスを終えてヘロヘロになりながら、魔法を練習するため訓練所へ。

まずは地の魔法陣を思いのままに操れることを目指してみようと思う。

土壁の高さを意識して腰高になるようイメージして作る。

うん。できた！

次は自分の背丈くらいに……できた！

意外と簡単にできて楽しくなってくる。

そして、作った土壁を崩して整地もできた。

そのあと自分を囲むように円状の土壁を作ったり、訓練所にあった木の周りに土壁を作ったりした。

けれど、他者の周り……すなわち今回だと木の周りに魔法を展開するのはちょっと難しかった。

隣に立っていればなんとかできたが、自分の周りに壁を作る時と違い、円の中心に木はなかった。

自分の周りに土壁を作った時は、ちゃんと円の中心が自分だったんだけどな。

これは私と木が離れれば離れるほど難しく、1メートルほど離れると円内にすら入らなくなった。

そして比較的近くにいても、目を瞑るとやっぱりできない。

距離のある対象物に魔法を飛ばすってなかなか難しいだろうけど、使えたら絶対便利だ。

それに結局魔法は、魔力操作とイメージが大事なのだと体感した。

遠くの木まで上手く魔法が発動しないのは、遠くへ魔力を飛ばしたことがなく、かつ木までどれだけの距離なのかしっかりイメージできてなかったからだ。

他の場所に魔法を飛ばす練習は今後もやっていこう。

その後はいろんな形に変えられるのかと土壁の厚さを色々と変えてみたり、球体を作ってみたり、星形のオブジェを作ろうと挑戦してみたりした。

土壁の厚さは問題なかったし、球体は泥団子レベルからバスケットボールレベルまでできた。

ただ星形は……まだ練習が必要だ。

そうこうしていたらゼポット様が通りかかった。

世間話ついでに魔法陣での魔法を披露すると、ゼポット様は魔法陣を凝視した。

「昔このマークに似たのを見たことがあった。なんのマークじゃろうと思っておったが……そうか、魔法陣だったんか」

「魔法陣を見たことあるのですか？　珍しいですね。魔法陣は今からうんと昔に廃れたと本で読みましたが」

「祖父さんがいつもネックレスをつけておったのじゃ。デザインは無骨で、石自体もあまり研磨されておらず、キラキラなんてしとらんかった。その石に刻印されとったんじゃ。祖父さんも形見じゃと言って首から下げとっただけじゃから、それが魔法陣とはわからんかっただろうのぉ」

魔法陣付きアクセサリー……。

それならいつも身につけられて、いつでも魔法を発動できる。

考えたことなかった。盲点！


昨日は1週間ぶりの孤児院に行った。

今週は急に護身術、マナー、ダンスと習い事がどどっと始まったし、魔法の勉強もずっと魔力操作ばかりだったのが実際に魔法陣を使って魔法を出現させる訓練になった。

勉強だって今までやってこなかった地理の勉強で、若干詰め込みすぎている気がしなくもない。

まだ何も始まってないが、頭の隅にはサリー様との出店計画もある……。

つまり何が言いたいかと言うと、新しいことばかりが始まって、新しく出会う人がいて、気が張っていたし、それゆえ疲れていた。

それを実感したのが昨日の孤児院。

何も変わらず、本を読んであげたり、畑の世話をしたり、きのこを収穫したり。

それだけなのにすごくリフレッシュした！

最初は母様に連れられて行った孤児院。

いつのまにか安心する私の居場所の一つになっていた。

さらにここにはライブラリアンだからと侮る子はいない。

むしろ、他にはどんな話があるのかと興味津々で私の話を聞いてくれる。

私はまだ親の庇護下にあるからまだあまり悪意に晒されていないけど、それでも領内会議の時はヒソヒソ話されたもんね。

スキル至上主義のこの国において希少な場所かもしれない。大事にしよう。

今日はサリー様とお店についてあれこれ話し合う日なのだが、それ以前に母様から呼び出しがかかっている。

色々わからないことだらけの私とサリー様で話し合えるのは新メニューくらいのものだから、母様も一緒なのは心強い。

「今日来てもらったのは、雇用周りのことを聞きたかったからなの。先日後見人になりましたけど、あなたが店のオーナーでサリーさんがパティシエってことでいいのかしら？」

「はい！」と元気よく返事するサリー様とそこまでちゃんと考えてなくてしどろもどろしちゃう私。

「え？　あ、あのサリー様？　私は何一つお菓子を作れませんよ？　接客もできませんし、お店に役立つことできないのですが……オーナーが私でいいのですか？　私、そこら辺あまり考えずにお誘いしてしまって……」

「いいもなにも……私こそ作るしか能がありませんから！　私は言われたものを作っただけで、商品も売り方も考えたのはお嬢様ですから、お嬢様のお店ですよ。それにお嬢様おっしゃったではありませんか。私のパ、パ、パティシエになって欲しいって。私、気持ちはお嬢様の専属です！　へへ」

「まぁ！　では本当にそうしましょ。実はね。今日そのことについて相談しようと思っていたの。ではサリーさんが専属で、他にプリンを作れる職人も育てましょうね。このプリンはもうレシピがあるからサリーさんでなくても練習したら作れるでしょう？」

え！　どういうこと？

「それは……他の人にお店を任せるということでしょうか。私が……女だから」

「ええそうよ」

「お母様！」

サリー様は女だから料理人になれなかったのだ。

だからそんな理不尽を一緒に打ち倒そうと言っていたのに……。

「でも勘違いしないで。女であることは関係ない。私はあなたの実力を認めているわ。だからこそパティシエで止《とど》まって欲しくないの」

どういうことかと思えば、母様はサリー様に私の専属になって、開発を担当してほしいようだ。

テルミスはきっとまた本を読んで、食べたいものが出てきたら実際に作りたがるだろうからって。

確かに……。これからも食べたいものは出てくるかもしれない。

さすが母親。よくわかってらっしゃる。

「もうすでに開発したレシピなんて職人育てて他にやってもらいましょう。あなたはあなたで、新しい料理を作り出すの。それはサリーさん、あなたにしかできないわ」

「奥様……」

目を見開くサリー様。

素敵だ。私にはメリットしかない。

ケチャップなどの調味料も作りたいし、この冬は寒くて肉まんが食べたかった。

それを一緒に開発してくれるなんて！

でも、サリー様はお店持ちたかったんじゃないかな？

「お嬢様はどう思いますか？　私なんかが専属でいいのですか？」

「良いに決まっています！　私はサリー様が専属になっていただけるならこれほど嬉しいことはありません！　あ、で、でもお店もちたかった……ですよね？」

「いえ！　お店を持つのは昔から私の夢の一つではありましたが、お嬢様の専属の方がずっとずっと楽しそうです。お嬢様が良ければ、私を専属にしてください！」

こうしてサリー様は、私の専属になり、開発する料理がない時はここでラッシュと一緒に働くことになった。

今まで皿洗いや皮剝きの仕事ばかりだったサリー様にとってはいい修業の場になりそうだ。

「あとね。お店の形はひとまずテルミスが提案したように、店舗を持たない形でいいと思うの。ただ実際に店舗を構える時期は来年ではなくもっと遅くしたいわ。ちょっと今王都は物騒な噂があるから」

「そうですか。でもその間売り上げがなくなるのは痛いですね」

「それはこれを使おうと思っているの」

母様は少し古そうなボストンバッグを取り出した。

これを使うってどういうことだろうか？

「これはね。空間魔法付きのバッグなの。これ一つで馬車3台分くらいの荷物が入るわ。このバッグに入れている間は時が止まるから食品も作りたてのまま持ち歩ける。それにこれなら、あなたたちは領地で生産するだけ。わざわざ物騒な王都に行く必要がないし、私が夏と冬の社交時に一緒に持って行き、あっちに一人信頼できる販売担当を置けばある程度の数販売できるわ」

空間魔法……そんな魔法もあったんだ。

すごい。

販売方法はしばらく母様の提案通り、領地で生産したプリンを空間魔法付きバッグに入れて持ち込むことになった。

一通り話が終わると、サリー様は契約の話のため出て行った。

「テルミス。あなたにはまだ話があるの」

「はい。お母様」

「これをあなたに」

渡されたのは赤いポシェット。

まさか……！

「察していると思うけれど、これも空間魔法付きのバッグよ。これは私とベルンからの誕生日プレゼント。馬車1台分くらいの荷物が入るわ。ここに魔力を流してみて。そう。これで使用者登録は完了ね。あなた専用のバッグになったわ。これで他の人がバッグを開いても何も出てこない」

「ありがとうございます。けれどこんな貴重なもの……よいのですか？」

「さっきのボストンバッグはね。私が嫁ぐ時にお母様、あなたにとってはお祖母様ね。お祖母様からもらったの。いざという時のためにってね」

貴族の結婚は政略結婚だから、どうしても相性が悪かったり、相手がとんでもない人だったりすることだってある。

だから祖母様は、逃げたくなった時にすぐに逃げられるようこのバッグを母様に贈った。

そして母様も、大人の世界に足を突っ込み始めた私の備えになればと思い贈ってくれた。

生活に必要なものや大事なものを入れて、常日頃持ち歩けるように。

大事にしよう。


今日は土曜日。

午後は魔法や地理の勉強が待っているが、午前中はまるまるフリーの日。

今週から新しい時間割で、なかなか忙しかったからちょっと一息だ。

メリンダが「時間ですよ」と呼びに来たからランニングはやったけれども。

今日はもともと靴屋に行きたいと言っていたのだが、わざわざ職人を呼んでくれたらしい。

というのも、先日のダンスレッスンの後の靴擦れがひどかったからだ。

原因はわかっている。

ワイズが大きすぎたのだ。それで足が前滑りしてつま先は圧迫されるし、踵はカパカパと脱げる。

そんな靴で踊るわけだから、靴擦れするに決まっている。

応接間に入るとガタイのいいどこかの棟梁と思われる男性とニコニコと人好きする男の子がいた。

互いに挨拶を交わす。

棟梁の方はゴードン、男の子はルカというらしい。

「今日はダンスシューズを作りたいと聞いております。いくつかサイズ違いをお持ちしたので、試着してみますか？」

履いてみると、一番しっくり来たのは、18センチだった。

今持っているシューズと同じ……。

しかし数歩歩いてみれば、踵がスポッと抜けてしまう。

これでは、つま先が痛くなってしまうし、常に靴が脱げないように気を配らなくてはならない。

「ゴードンさんこのサイズで幅を5ミリほど狭くできませんか?」

「幅だと?　いや、すみません。どういうことでしょうか。ウチ……というよりもどこの靴屋もそうですが、測るのは足長が一般的ですが……」

「やはりそうですか。ではこれを見ていただけませんか」

持ってきたのは今の私のダンスシューズ。

今試着したのと同じ18センチだ。

中から中敷を取り出す。そして、その上に徐《おもむろ》に足を乗せる。

「こちらを見てくださいませんか。この親指の付け根から小指の付け根を結ぶ一番幅の広い部分です。中敷の方が5ミリほど大きいのです」

「そう……ですね。この差を埋めたいと?」

「ええそうです。この部分が非常に……いえ、ヒールのある靴では最も大事だと思っております」

「最も大事ですか…?」

頭をかしげるゴードン様と何かに気付いた様子のルカ様。

「そうか!　一番広いということは、ここがストッパー。このストッパーの部分をよく押さえていないと、前に足が滑っちまうってことか!　あんたすげぇな!」

「ルカ！　言葉に気をつけろ！」

「あ、すいません」

ルカ様はまだ言葉遣いが友達のそれだが、靴づくりは好きらしい。

最も大事と言ってすぐにその理由に気が付いた。

「いえ、気にしていません。それより、ストッパーです。とくにヒールの場合、傾斜があるので何かがストッパーの役割を果たさなければ、前に滑ります。前に滑るとつま先はぎゅうぎゅうに押し込められることになり、かかとはスポスポと抜け、歩きにくい。これがダンスで使うとなれば、より痛く、より動きにくいのです」

「俺たちが作っていたのは大きすぎたの……か？」

愕然とする親方に急いで声をかける。

「い、いや違うのです。足囲は個人差があります。私には大きすぎただけで、この幅でピッタリの方もたくさんいらっしゃると思います。なので私用に5、6ミリほど幅の狭いのをオーダーできないかと……」

「なるほど。用件はわかりました。お金はかかりますがやろうと思えばできないことはありませんし、こちらもご用命とあれば誠心誠意作らせていただきます。ただ……お嬢様専用はちょっと難しいかと思います」

お金なら6歳の時もあまり使わなかったので予算がたくさん残っているはずだ。

問題ない。

何が問題なのか……？

「通常靴はまず基本の木型があり、その木型に沿って制作します。幅を5ミリ狭くするだけであっても、木型から製作しなければなりません。今までにない新しい木型を作るのは少なく見積もっても2ヶ月はかかる。それから靴を仕上げるので2ヶ月半から3ヶ月制作にかかることになります」

「仕方ないわ。それで結構よ」

「いえ。問題はそこからです。お嬢様くらいの年頃だと3、4ヶ月もすればサイズも変わってしまう。つまりせっかくお嬢様の足を測定し、木型の製作から始めたのでは、お嬢様の成長に間に合わないのです」

「そうね。それでは使える時間が短すぎるわね。うーん……あ！　ではこういうサンダルタイプはどうでしょう？」

親指の付け根から小指の付け根までをしっかりホールドするようにベルトをつけ、足首にもベルトをつける。

そうしたら、幅の広さを少しカバーできると思う。

ベルトの穴で若干の調整もできる上、足首と靴が繋がっているので、踵も脱げない。

そして何よりこれならば、木型は既存の物で対応可能だ。

親方もこれならば2週間でできるというので、サンダルタイプのダンスシューズを作ってもらうことになった。

「なぁ。ウチで取り扱っている木型は特別なものじゃない。規格は王国全土同じものだ。今回は間に合わせだからそれでいいとして……おじょーさまはこれからずっと足を痛めて歩かなきゃなんないってことか？」

「そうね。サンダルだけを履くわけにもいかないし……仕方ないわね」

「父さん……いや、親方！　俺が木型作っちゃ……ダメかな？」

「カウンターもまだまともに作れない奴が何言っているんだ！」

やっぱりルカ様は靴づくりが好きらしい。

せっかく作った靴で足を痛めているなんて悔しい、困っているのは私だけではないかもしれない、気持ちよく靴を履いてほしい……そう言って、親方を説得してしまった。

「……まずは喋り方覚えてからだ。お嬢様。失礼しました。こいつはまだ礼儀もなっちゃいないが、腕は確かです。とりあえず次の19センチのサイズをこいつに作らせてやってくれませんか」

私が19センチになってから、木型を作り始めると間に合わないから、最初から5ミリほど狭い木型を作って、ベルト付きサンダルを作ってくれるという。

願ってもないことで、二つ返事でお願いした。


魔法陣を勉強してから、ほぼ毎日魔法を練習してきた。

訓練場で土壁をつくったり、的に向かって水を放水したり、部屋で魔法の本を読みつつ魔力操作の特訓をしたり。

そうやって五日間やってきて気づいたのは、イメージ力、集中力が大事なのはもちろんだが、自分の魔力を素早く、スムーズに、そして正確に扱えることが大事だということ。

的とする木の周囲に土壁を巡らせるのは苦労したが、魔力操作ばかり練習した翌日はかなりスムーズに土壁ができたのだ。

やっぱり魔力操作の訓練は大事だ。

去年からずっと訓練している魔力操作。

だからだいぶスムーズに扱えると思っていたのだが、今までやっていたのは、自分の体を魔力循環すること、自身を包むように球状に魔力を整え、その大きさを出来る限り大きくしたり、意図する大きさにとどめたり、それを一定時間維持しようとしたり、何かしながらでもできるようにしたり……。

あ、あと逆に体の中心にある魔力の源のような球体に魔力を押し込めようとしてみたりもした。

これは、なかなか難しかったから完璧にできるようになるまで時間がかかったし、できるようになってしばらく続けていると、器が少し大きくなったような気がした。

だから魔法の訓練時以外はずっと押し込めたままだ。

つまり今まで私が訓練してきた魔力操作は、魔力循環と魔力を押し込めること以外は、自分を覆う球体状の魔力を大きくしたり小さくしたりしていただけなのだ。

何かの形を作ろうとしたこともないし、何かに向かって魔力を放出させたこともない。

これからの魔力操作は、そういう細かな点を鍛えていかないと、実際に魔法を発現させても使えないだろう。

ち込んで
リリーは
目で聞き入っ
と思う。
それほど好きなら
たくさん読みたいと
物語をたくさん……
作ればいいのよ！
「ネイト、知らせてくれて　う。私に任せ
て」
その話だけ告げると、ネイトは先に帰っていった。
身体強化のネイトは馬車で行くより速い。
いいな。

✶

テルミス様が来た。

エイミーと今か今かと窓の外を見ていたので、塀の向こうに馬車の頭が見えて、急いで入口まで走っていく。

「リリー、エイミー。こんにちは」

「テルミス様、ご本読んで！　新しいの！」

してくれていたんだなぁ。遠くか
た！　じゃあ今日は特別なお話会にしよ
トにうなずく。

」

「とくべつ？」

何が特別なのかはテルミス様が話し始めてすぐ分かった。

テルミス様がいつもの本を持っていないのだ。

「昔、昔あるところに一人の女の子がいました。名前は……そうね。ジュリー。ジュリーはいつものように家の中を掃除し、玄関前を掃いていました。その時家の前を通りかかったのは……」

エイミーが真っ先に言う。

「わかった！　王子様ね！」

「王子様でした。王子様はジュリーを見て思いました。なんて思ったでしょう？」

「わぁ！　とってもきれいな女の子だって思ったの」

そう誰かが応えた。

この後もテルミス様はお話の途中途中で、「どんなの？」「その次はどうなった？」などと聞いてきます。

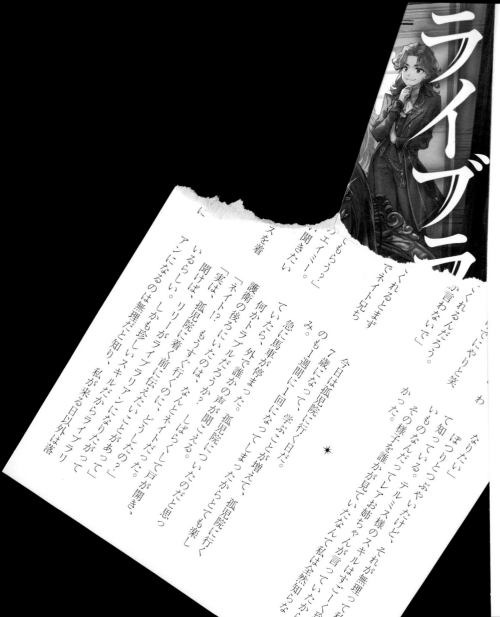

最初はよくわからなかった特別なお話会。でもそうやってテルミス様が問いかけ続けてくれてようやくわかった。今みんなでお話を作っているんだ！

　そう思うと楽しくて、私も沢山発表した。

　ジュリーという女の子の話は、王子様に見初められ熱烈アプローチを受けるものの、一度は身分の違いに断る。それでも、諦めきれない王子様がいろいろと調べるうちに、ジュリーの本当のお母さんが実は隣国の姫で、最後はエイミーが作った渾身のピンクのドレスを着て、王子様と結婚式を迎えてお話は終わった。お話としてはよくある話。でも、自分たちで作ったお話は特別で、すごく楽しかった。

　そのあとは、みんなでもう一度お話を作ってテルミス様に聞いてもらった。

　私は大張り切りで、エイミーがドレスを作る話を入れたら、舞踏会を開き、誰かが悪者に襲われた話をすると、次は騎士がかっこよく守る話を続けた。

　どんな話になっても楽しく、私はこの遊びが大好きになった。

　みんなからも「リリーはお話作るのが上手だね」って言われて嬉しかった。


　楽しい時間はあっという間でテルミス様が帰る時間になった。またねと馬車に乗ろうとするテルミス様に、絶対伝えなきゃという気持ちがメラメラと沸き上がる。

「テルミス様！　私、いっぱい、いっぱいお話作る！　だから作ったらテルミス様読んでね！」

　そしたら隣のエイミーまで「私はドレスを作るわ！」と叫んでいた。

「ええ。是非読ませてくださいね。素敵なお話待っています。ドレスも楽しみにしていますね」と言ってくれたテルミス様は帰る間際にチラリとネイト兄ちゃんを見た。

　あぁ、そっか。ネイト兄ちゃんがテルミス様に話してくれたんだ。

「ネイト兄ちゃん……。ありがとう」

　その日から毎晩のように私が寝る前のお話をみんなに聞かせるようになったのは、また別の話。

1年以上魔力感知、魔力操作の訓練を重ねても、まだまだできないことばかりなのは、やはり……このスキルが魔法に向いていないからだろうか。

マリウス兄様が魔法で苦労しているところなんて見たことないもの。はぁ。

まぁ、落ち込んでいても仕方ない。

本を読むしか能がないライブラリアンが、魔法陣のおかげとは言え魔法が使えるようになったのだ。

一歩前進、二歩前進と思わなくては。

よし、じゃあ今日の訓練始めよう。

まずは……球状ではなく、手からだけ魔力を放出できるようにしてみよう。

いつものように魔力を解放する。

そして球状に広がっていく魔力を自分の体の内側に押し込めていく。

あ、手の魔力も閉じ込めてしまった。

むむむ。

手首から先だけドアを開けるように、ゆっくりゆっくり解放していく。

じわ、じわじわっと手の表面に魔力が揺らめく。

やった！

もう少し多く。

もう少し多く。

よし。あっちの壁に向かって……行けっ！　ぐっと手から壁に向かって魔力が放たれる。

どんどん進み、もうすぐ壁までいける！

あと少しというところで額から汗が流れ、意識がそっちに持っていかれる。

それはほんの一瞬のことだった。

だがその一瞬で、体表を出ないように全身にぐっと詰め込まれた魔力が一気に離散した。

ふー、はー、ふー、ふー。はぁっはぁ。

壁には届かなかったけど、できた。すごい！

その後2，3回やってみて、私の魔力はほぼすっからかんになった。

チャイを飲み、ベッドに転がる。

少し回復したところで、軽く魔力循環をし、スキルを使って本を読む。

これは魔法の訓練を始めた時からの習慣だ。

夢中になって魔力切れギリギリまで訓練して、チャイとほんの少しの休息で少し魔力を回復させたら、ベッドで横になってゴロゴロだらだらしながら魔法の本を読む。

本を読む前に魔力循環をするのは、その方がなんだかすっきりするからだ。

魔力感知が出来るようになって、完璧に魔力が無くなるまで訓練することはなくなったためか、訓練で魔力操作が上達したためか、魔力の回復スピードが上がったような気がする。

魔力不足で寝込むこともなくなり、思う存分本も読め、いいことづくし。

これだけでも魔法の勉強をしてよかったなと思う。

手元に出した本に目を落として驚いた。

また本が大きくなっていたのだ。

今までは文庫サイズの本だったが、今や単行本ほどの大きさだ。

当然読める本もまた増えた。

最初は10冊しか読めない簡素なノート程度だったのに。

少しは成長しているのかな？　ふふふ。やった！

中を見てみると地理の勉強を始めたからか、地図や山、川に関する本、さらには土壌や天候についての本も追加されていた。

魔法関連の本も今まで魔法陣について書かれた本は基本の1冊しかなかったが、『初級土魔法！』とか『暮らしが変わる！　生活魔法』とか魔法陣の載っている本が増えた。

第六章✴館の外の世界

今日は朝から地理の勉強をしている。

早めの昼ごはんを食べたら、母様と外出だからだ。

外出……と言っても、行き先は商業ギルドで開店のために色々と登録しに行くだけなのだけど。

地理の勉強は、ようやくトリフォニア王国内の領地の名前、位置、形を覚えたところ。

次は人口や生産物などを覚えようと思っていたのだが、昨日のスキルアップで山や川についての本も増えていたので、人口や生産物ではなく、地形を調べてみようと思う。

そもそもインターネットなどないこの世界で他領の人口なんてすぐに調べようがなかったというのもあるけども。ふふふ。

トリフォニア王国は半島にある王国だ。

半島の中央付近に王都があり、そのすぐ東側には我がドレイト男爵領を含む小領地がいくつも並んでいる。

この小領地はどこも王都から近いにも拘らず、さほど栄えてはいない。

それはこの小領地群をカラヴィン山脈が縦断しており、どの領地も3分の1〜3分の2は山地で、残るわずかな平地で街を作っているからだ。

王都から近いという大きなメリットがある位置に、弱小貴族の小領地ばかりあるのはそういうわけである。

その小領地群のさらに東にあるのが、半島の付け根から東側の海岸線の3分の2有している大領地ベントゥラ辺境伯爵領で、カラヴィン山脈はこの半島の付け根を通り、国境を越え、大国クラティエ帝国まで続いている。

また、このカラヴィン山脈からは何本も川が流れている。

最も太く短いのが、クラティエ帝国との国境近くの山間からベントゥラ辺境伯爵領を流れ、ミオル海に流れ込むリトアス川。

また最も長い川は、トーレス川で、クラティエ帝国側からレペレンス王国を通り、メンティア侯爵領を通って、ユーベル海に至る。

こうやって見てみると、ベントゥラ辺境伯領は山あり、川あり、海ありで、自然豊かな領地だなぁ。

いつか行ってみたい。

そうこうしているうちに、母様と出発する時間が近づいた。

軽くサンドイッチをつまみ、メリンダに髪を結ってもらう。

誕生日プレゼントとしてもらったばかりの赤いポーチには、ハンカチとメモ用紙、そして念のため魔法陣も忍ばせている。

このポーチは、いざという時これさえ持っていればどこでもなんとかやっていけるいわば避難グッズだ。

何があったら困らないだろうか……とポーチをもらってからよく考えている。

やっぱり下着や洋服は必要だし、買おうと思えば値が張る外套も用意したい。

もちろん現金も忍ばせておきたいけれど、どれも今は持っていない。

いや、下着も服も外套も持っているけれど、下着は普段使っているし、服と外套はいつもの貴族令嬢らしい服装ではなく、もっとカジュアルなものが欲しい。

普通に街を歩けるような。

あ……あとサリー様に頼んで、プリンもたくさん作ってもらおう。

食品も腐らないというから入れておかなきゃ。

「お嬢様。準備が出来ましたよ」

つらつらとポーチの中に準備したいものを考えていたら、あっと言う間に髪がセットされていた。

サイドを編み込んだスッキリした二つ結びだ。


馬車に揺られて少しして、商業ギルドについた。

周りに比べて大きな建物だ。

建物の周囲には馬や馬車も沢山いる。

入り口から一歩中に入ると、たくさんの人が大きな声で話している。

そんな中私たちは受付カウンターの横を通り奥の部屋へ。

「この子のギルド登録をお願いするわ。グループ登録も。それともう一つ。今すぐではないけれどお店も出すつもりなの。その相談も今日は乗ってほしいわ」

「承知しました。グループ登録は、通常複数の店を同時経営する場合に登録するものです。今回開店されるお店は一つのようですが、今後も新たなお店を出す予定なのでしょうか。もしそうでなければグループ登録でなく、店舗登録の方が審査もゆるやかですが……」

「言い忘れていたわ。以前うちの執事が代理登録したフロアワイパーの特許は、テルミスのなの。今まではドレイト家としてロイヤリティを受け取っていたけれど、今回お店も始めますし、規模が大きくなりそうなのでテルミスの案件は別に分けたいのよ」

「さようでございましたか。ではフロアワイパーもテルミス様のグループに紐づけておきましょう」

と言いながら、用紙をササッと埋めてくれる。

フロアワイパー……作ったね。忘れていた。

いつのまに特許とっていたのかしら。

あ、もしかしてコレがあるから今家庭教師をつけてもらえているのかも。

裕福な高位貴族以外は、嫡男以外の教育は必要最低限が普通だもの。

「ではこちら確認していただき、問題なければこちらにサインをお願いいたします」

「テ、テルミスグループ!?」

「グループ名は自由につけられますが、ほとんどの場合オーナーの名前がそのまま入りますね。変えることもできますが、どうします?」

変えてください！　と言う前に母様が「それでいいわ」と答え、正式にテルミスグループが誕生した。

「では、こちらのカードに個人登録しましょう。左手をお借りしますね」

そう言うと、私の左手を摑み少し針で刺して血を出した。

急なことで「やめて！」ともなんとも言えず、ただびっくりしている間に、その血をカードに垂らし、半球状の水晶が載った何かにカードを差し込んだ。

水晶がふわっと光を放つと、再びカードが出てくる。

もう血はついていない。

真っ白なカードに【テルミスグループ　テルミス・ドレイト】と印字されているだけだ。

隣を見ると、母様もカードを作っていた。

母様は【テルミスグループ　マティス・ドレイト　02／736】と印字された青のカードだ。

「お母様は青なのですね」

「こちらは後見人カードですので。カードには3種類あります。テルミス様の持つカードは一般的なギルド会員カード。ギルドに属し、大なり小なり商いをする人が持っています。もう一つがマティス様のブルーの後見人カード。オーナーがテルミス様のように未成年であったり、戦地に商いに行かれたりする人が登録されます。未成年の場合は、成人されるまでの期間限定でカードを使用できます。そして最後の一つが、ゴールドカード。こちらは国家を跨いで、取引する方に発行されます。こちらのカードを見せれば、関所を通ることもできます」
その後ギルドについての説明を一通り聞いた。
ざっくりまとめると5つの機能があるらしい。

1．大事な契約書の保管
ギルドに提出していると何かトラブルになった時の仲裁をギルドでしてもらえる。
2．新規商品の登録
登録すると類似品を取り締まる権利を有し、他店が売る場合にロイヤリティを徴収することができる。
3．税金の納付
魔導具には高い税がかけられているが、その税を払うためにわざわざ王都へ行かずとも各地にあるギルドから納付できる。
4．銀行業務
ギルドカードさえあれば各地のギルドでお金の預金、引出ができる。
また新規事業の企画案がギルドで認められれば、貸付も受けられる。
5．商品の品質管理及び価格の調整
新規登録時と任意のタイミングで商品を検品する。

また小麦や石鹸などの生活必需品、ポーション、薬草などの医療品についての最低、最高価格を定める。

銀行機能か……すごく便利だな。

商業ギルドは国外にもあるようだし、何かあって国外に逃げる時もちゃんと稼いでいたら資金に困らない。

商売はしっかり頑張らなきゃ。


その後母様は二つのプリンを出して、新規商品登録を頼む。

「ほぉ。これは見たことがないですな。食品ですかな？　今担当者を呼びましょう。君、ジャックを呼んできてくれ」

部屋に一人待機していた人にジャックという人を呼びに行かせる。

すぐに茶髪にメガネをかけた男性が入ってきた。

プリンの鑑定を頼むと、まずじっと観察し、観察し……観察しただけだった！

「卵と牛乳、砂糖ですね。こちらの黄色いのもカラバッサ、卵、牛乳、砂糖。禁止されている食品などは使われていません。腐りやすいので日持ちはしませんが、その点周知していただければ、問題ありません。念のため一口いただいても？」

「ええ。どうぞ」

「うわ。絶品。美味しい。どうしよう。これはいつ、どこで売るのですか？　参考までにお伺いしてよろしいでしょうか」

「食べたいだけだろ。ジャック食べたならもう下がっていいぞ」

ちなみに王都で売るつもりだと言ったら、「そりゃそうか。絶対売れますよ……」と意気消沈して帰っていった。

それにしても……今のはきっと鑑定スキル。

すごい！　見ただけで中の組成がわかるのか。

それとなく「見ただけで材料がわかるなんてすごいですね」と聞いてみたら、「僕は食品だけですけどね」だそうだ。

ちなみに薬草を見分けられる人、宝石を一目見ただけでわかる人や剣などの武器の良し悪しがわかる人もいるらしい。

すごい。

一通りビジネスプランを話して、商業ギルドからも問題ないとお墨付きをもらったので、今日の予定はここまで。

家に帰るのかと思いきや母様の提案で、買い物に行くことになった。

行った先は洋服屋。

「ついでに先日プレゼントした空間魔法付きポシェットに入れておく予備の洋服を買いに行こうかと思ったのよ。それにほら……こうやってテルミスと二人でデートする機会なんてなかなかないじゃない？」

その店では下着を3セット、街中を歩けるカジュアルなワンピースを5枚、そしてダークグリーンのローブとサファイアブルーのローブをお買い上げ。

ワンピースは2、3枚でいいと思ったのだけど、母様が「これも似合うわ！　これも可愛い！　捨てがたい！」と悩みまくり、5枚になった。

まぁ、普通のバッグなら持ち物は最低限にしないと運べなくなってしまうけれどこのポシェットなら馬車1台分持ち歩けるんだし、無理に3枚にしなくてもいいじゃないということになったのだ。

ローブは私が選んだ。

人目につきたくない時とおしゃれしたい気分の時用だ。

ふふふ。

靴屋も行こうとしていたけれど、今自分のワイズに合ったダンスシューズを仕立てていることを話すと「その話もっと詳しく」と母様の目がキランと光った。


そして今はガタゴトと領都で有名なティーハウスに向かっているところ。

そういえば、孤児院以外で館の外に出たことなかったなぁ。

都会というほどではないけれど、中心部はおしゃれなレストランや出店で賑わっていた。

中央広場の真ん中にオベリスクが聳《そび》え立ち、そこから東西南北に道が延びている。

北には、領主の館……つまり我が家があり、その周りには役所や商業ギルド、ドレイト領騎士団本部、病院や教会が集まっている。

東はレストランや商店が並ぶ。オベリスクに近いほど高級な店だ。

さっき服を買った店も東にちょっと行ったところ。

西は職人街で、工房が立ち並ぶ。

ルカの実家の靴屋も西側だ。

南は冒険者ギルドをはじめ、酒場、宿屋、武器屋など冒険者御用達の店がずらりなんだそう。

ティーハウスは東側にあった。

入ると奥には一枚板のカウンターがあり、その奥で紅茶を淹れてくれている。

手前には丸テーブルがいくつかあり、いろんな色の布張りの椅子が並んでいた。

店の中には至る所に植物が飾られ癒される。

なに！　この可愛い空間は！

もっと早くに来たかった！

私たちは2階の個室に通された。

個室の中も大小様々な植物が飾られている。

テーブルはやや大きく、白地にベージュのセンターラインの入ったテーブルクロスがかけられている。

頼んだ紅茶とケーキ（もちろんパウンドケーキだ）も絶品だった。

「ふふふ。ここのケーキはバターたっぷりで、ナッツも入って美味しいのよ。あなたのプリンを食べるまでは、私の一番のお気に入りだったの」

「本当だ。美味しい！」

「そうでしょう？　だからあなたも一度連れてきたかったの。それで、ダンスシューズをオーダーってどういうこと？　あなたのサイズの靴を用意していたはずだけど」

そこで私は母様にダンスシューズを買うことを報告してなかったことに気がついた。

用意してくれた靴があるのに、一言の相談もなく靴を買うなんて悪かったな。

そう思ったのだけど、母様は純粋にワイズについて知りたいだけだった。

そこで、ワイズの説明をすると、その説明の後に母様がポツリと一言こぼした。

「横幅なんて測って意味あるのかしら？」

その一言で私の心に火が付いた。

「お母様、ぜんっぜん違いますわ！　むしろここが一番大事です！　足の指先が締め付けられて痛いのも。踵がパカパカ抜けてしまうのも。全部このワイズが合ってないからなのです！　ここがピッタリなら、足は前に滑りません。滑らなければ、つま先が圧迫されることはありませんし、不自然に踵にスペースができることもないのです」

熱くなっている私の口はまだまだ止まらない。

その証拠にとても早口だ。

「もちろん足の形は人それぞれ千差万別だからワイズだけ合わせてもどこか痛い人もいるでしょう。それでもまず基本はワイズです。それでかなり軽減するはずです。せっかくのお出かけに精一杯ドレスアップしても帰り道一歩も歩けないくらい痛みが出たら楽しさ半減です。ワイズは重要ですよ！　お母様！」

「そ、そうね。ずいぶん気合いが入っているのね」

はっ！　熱くなり過ぎた。

「でもわかるわ。私も長く歩く日だとつま先がひどく痛いもの。座っている時に靴を脱いだり、じっと立っている時は爪先立ちしてみたりしてなんとかつま先の圧迫を減らそうとするのはあるあるよね。何度か夜会でそういう人を見たことがあるわ」

それならば……需要があるのでは？　売り出せば売れるのでは？

同じことを思っているのか、私だけでなく母様も黙り込んで考えている。

「お母様……ちょっと思いついたのですが。」

「奇遇ね。テルミス。私もよ」

「では！　来週か再来週にでも私の靴を届けにくるはずなので、その時に話をしてみましょう」


あっという間に1週間経ち、靴職人のルカ様が私の靴を納品してくれる日になった。

今日は母様も一緒だ。

「コレ……いえ、こちらがダンスシューズになります」

「履いてみても？」

履いてみる。

今回のダンスシューズの木型は既存のもの。

だからやっぱり私には大きい。

「お母様。今回は木型から用意すると制作に時間がかかってしまい、私が履ける期間が短くなってしまうので、既存の木型を使っています。すると、見てください。先日話したここの幅が私の方が5ミリほど狭いのです。そのために私の足は前に滑り、つま先圧迫、踵はパカパカということになっていました」

「なるほど。それでこのサンダルなの？」

「えぇ。この親指の付け根から小指の付け根までの部分をホールドするようにストラップベルトを通しました。これで多少調整できます。踵も脱げないようアンクルストラップ付きです。ルカ様、ベルトは1本ではなく、2本でクロスベルトにしたんですね」

交差するようについている2本のベルトを調整する。まだ少し大きい。

「あ、えぇ。こないだ話していた幅の広いベルトだとしっかり足が固定できねぇ……できなかったんです。お嬢様の話だとこの部分がしっかり固定されていることが大事なんだろ……あ、大事なのだと思いましたので、試行錯誤してこの形に落ち着きました。こちらのベルトが親指側をこちらのベルトが小指側を固定する形になります」

「いいですね。もう一つ内側にベルトのホール増やしてもらえますか？」

「それなら今すぐにでも」

ベルトをもう1段内側に締める。若干きついのでは？　と思うくらいがちょうどいい。

少し歩いてみる。

うん。ちゃんと踵がついてくる。

ターンする。

うん。問題なし！

「ルカ様。ありがとうございます。希望通りですわ」

「よかった。いえ、こちらも最後に良い靴が作れて嬉しいです。お嬢様の19センチの木型も今並行して作っていますから、楽しみにしていてください」

最後というのはどういうことかと思えば、ルカ様は今靴職人の道をあきらめて全く別の道を模索しているらしい。

と言うのも、彼は次男のため彼の兄のもとで一職人として働くか、別の靴工房に行くかしか選択肢がない。

けれどどちらを選んでも、そこでは彼の目指す新しい靴の開発はできず、言われたものを言われた通りに作るしかない。

それならばいっそ、靴ではない道を探そうということらしい。

ルカ様はいろいろ考えて決めたのだろうけれど、私はルカ様に靴を作って欲しい。

「そうなのですか。せっかくあきらめられたところ悪いのですが、ルカ様、私の専属靴士になっていただけませんか？　もちろん別の道の方が良ければお断りしていただいて構いません。ですが、まだ靴を作りたい気持ちがあるのなら、私を手伝ってほしいです」

「専属……靴士？」

ルカ様は驚いているのか、ぽかんとした顔でつぶやくように私の言葉をなぞった。

「名称は利便上こういう形ですが、ゆくゆくは幅狭、幅太とワイズ展開した靴工房になればいいなと思っています。ワイズ展開のある靴。派手さはありませんが、全く新しい靴です。ワクワクしませんか？」

専属靴士になってもらうべく、さらに言葉を重ねてルカ様を口説く。

「あとこんな風にかかとに固定するタイプや小指をカバーするタイプなど色々な部分別ソールを作って欲しいですし、今ルカ様の話を聞いて欲しくなったのですが、厚底で足長が短く、ソールは舟形にカーブして、踵がない靴も作って欲しいです。こんな靴は作りたくないでしょうか」

「待って……待ってください。情報量が多すぎます。ワイズ毎の木型となるとすごい量ですよ。木型を作成するだけで数年、木型を保管するだけで結構な広さの工房が必要です。あと、踵用のソールと足長が短く、踵がない靴っていうのはなんだ？」

ルカ様はすっかり元の口調に戻ってしまっているが、興味は引けたようだ。

「ふふふ。ちょっと興味出てきましたか？」

「ズルいっすよ。俺が作っている変な靴より想像つかない靴じゃないっす……じゃないですか。そんなの聞いたら……辞められませんよ」

ルカの声は弱々しく、最後の方はあんまり聞こえなかった。

けれど「俺でいいのでしょうか」とポツリと呟いた。

「正直靴作りは好きだが、まだカウンター部分は親父に認められてない。言葉遣いもなってない。あとまだお嬢様の言っている踵用のソールなんてどう作ったらいいかわからない。やりたい気持ちはあるんだ。でも、俺でいいのか？」

それに答えたのは、今まで静観していた母様だった。

「ルカさん。今はそれでいいわ。でもゆくゆくは言葉遣いも靴作りも完璧にできるようになってもらわなきゃならない。さっきあなたが言ったように、木型作るだけでもすごい量よ。その上靴作りの修行もあるし、言葉遣い、立ち振る舞いも直していかなきゃならない。新しいことだから先達はいないし、私たちは売れると思っているけれどうまくいく保証もない。テルミスが求めているのは結構大変よ。貴方……本当にいいの？」

「たとえうまく行かなくても、俺を必要としてくれるなら頑張りたい。今回このダンスシューズの依頼をもらって、初めて依頼されたものづくりが楽しいと思えたよ。お嬢様についていけば、何か楽しい風景が見えるんじゃないかって楽しみなんだ。一生懸命頑張るよ。だから、こちらこそ是非専属にして下さい」

よかった。専属になってくれて。

話が長くなってしまったので、メリンダに紅茶を入れてもらう。

サリー様もプリンを持ってきてくれた。

ルカ様は初めてのプリンにとても驚いて、一瞬でなくなってしまった。

せっかくなので専属二人を紹介したら、二人から専属になったのだから様はつけないでくれと言われた。

確かに……変かも？

私の専属として契約することになったとはいえ、まだまだルカは靴職人の見習いだ。

毎週土曜に私と商品開発及び修業や生産の進捗報告する時間をとり、それ以外の日は今いる工房で靴作りの修行。

一応私の専属を修行させてもらうので、ルカの実家とはいえ、母様が親方に正式に話を通した。

親方はかなりびっくりしていたけれど、腕はあるのに普通の靴を作らず奇抜な靴ばかり作るルカを気にしていたそうだ。

今回その奇抜さが認められた？　ということで大層喜んで、しっかり躾けます！　と息巻いていたそう。

現在ルカは、業務時間は親方の下で靴作りを一からきっちり習い、厳しくダメ出しされ、作り直しては、また指摘され、やり直し、その合間に私の19センチの木型を作り、土曜日には我が家に来て、私と進捗を共有しつつ、ワイズの測り方を教えたり、最終的に欲しいワイズ展開を語ったり、メリンダに姿勢を正されたり、口調を指摘されたり……とかなりスパルタな日々を送っている。

一方専属パティシエのサリーも普段は厨房でこき使われながら、見習いとして技術を高め、合間にプリンを作る。このプリンは、夏に母様が売りに行く用のプリンだ。

大量なので毎日コツコツ作り、母様の空間魔法付きバッグに収納している。

そして金曜には私と軽く進捗確認をするとその後はラッシュにパン作りを習っている。

今すぐ店をオープンするわけではないから、すぐに新商品が必要なわけでもない。

少し時間のある今、修行をしてもらっている。

新商品を作るなら、あるゆる分野の下地があった方がいい。

それに今度作るのは、パンの技術が必要なのだ。決して私が食べたいだけじゃ……ないよ。

専属二人も忙しいが、私もなかなか忙しい。

今年から始まった護身術、マナー、ダンスの授業もあるし、魔法陣を早くモノにしたく猛練習しているし、地理は少し勉強し始めたが、今年から勉強しようと思っていた歴史はまだ全然手をつけられずにいる。

護身術はやっとレベル1でしっかり「助けて！」と叫べるようになったくらいで、ゼポット様には褒められつつも壊滅的に足が遅いからランニングを頑張るよう言われている。

マナーは苦手、難しいと思っていたけれど、色の持つ意味を知ったり、綿や絹の産地を知ったりするのは楽しかった。

ちょうど地理も勉強しているから、学んでいる内容がリンクしていて頭にスルスル入っていく。

織り方によって手触り、質感が違うことも教えてもらった。

マナーというよりむしろ服飾の勉強だと思うのだけど、ソフィア夫人曰く女性はどの年代でもオシャレには敏感故、布の素材や刺繍、宝石など服やアクセサリーに関する知識があればあるほど会話に困らないのだとか。

ダンスは未だリズムが掴めていない。

けれど新しいダンスシューズのおかげで少し兄様が大胆に動いてもついていけるようになった。

ちなみに先生は私のダンスシューズにかなり食いついていたように思う。

まだ新しい木型がないからクロスベルトで調節するタイプになるけど、今度プレゼントしてみよう。

何か意見が聞けるといいな。

サリーがラッシュとパン作りの修行をするので余った金曜日の時間は、プリンの原価計算をしたり、母様に教えてもらった王都のお菓子の相場や王都までの馬車代、王都の家賃事情、給料事情を元に、売値と目標販売数を考えたりしている。

あとお店の名前とか販売形態とか、新商品とか……そういう細々としたところを、考えては母様と相談、考えては相談を繰り返している。

土曜日メリンダがルカにマナーレッスンしている時は、ルカが19センチの木型を作り上げたら、作って欲しいと思っている靴の設計図やその販売方法を考えたりしている。

それも母様と考えては相談、考えては相談……である。

あ、母様も忙しいね。

地理は、山や川の名前を覚え、マナーで習った特産品をちょこちょこ覚える程度しかできてない。

魔法に関しては、精度とスピードを極めることを重視して、未だに四つの基礎魔法陣しか使っていない。

けれどだいぶ慣れてきたようで、水《アグア》で霧雨みたいなミストを出すことができるようになり、ジョセフに庭の水やりを任してもらえるようになったし、風《ヴィエント》で小さな竜巻も出せるようになった。

だから訓練所の落ち葉拾いもできる。

魔法陣を使わずに魔力操作だけを訓練する日もある。

球状の魔力を部屋の隅まで放出できるようになった。

今は手のひらの上に魔力で球以外の形が出来るか訓練している。

とりあえず簡単なハートを作ろうと思ったのだけど、これがなかなか難しいのだ。

そんな風に私たちがそれぞれの課題に忙しくしているうちに、季節は移ろい、寒い冬が終わろうとしていた。

✴

冬の終わり。

私とマリウス兄様、サリー、ルカは孤児院に来ている。

今日はきのこパーティだからだ。

冬の間に収穫したきのこは、その日の食事に使うものを除き、スライスして乾燥してとってあった。

そして少し寒さが和らいだ今ようやく収穫のパーティをすることとなったのだ。

マリウス兄様がいるのは、以前「次のきのこパーティは兄様も来ますか？」と聞いていたから。あの時「楽しみにしている」と言ってくれたのは社交辞令だと思っていたのだけど、一応今回声をかけると、用事を調整して来てくれた。

マリウス兄様……多忙なのに。嬉しい。

サリーがいるのは、パーティで使うパンを作ってもらったから。

そしてルカがいるのは、孤児院の子にワイズを測らせてもらえないかと頼むためだ。

実際、既存のワイズに合わない人がどれくらいいるかわからなかったので、とりあえず手近な所で調査している。

ちなみに父様、母様、マリウス兄様、サリー、メリンダ、その他我が家の使用人は調査済み。

ルカの工房の職人さんも調査済みだ。

ちなみに今日調査に協力してくれた人にはクッキーをプレゼントする予定でサリーに用意してもらっている。

多分みんな協力してくれるはず。

「お、来た来た！　もうこっちは準備万端だぞ！」

ネイトが走ってくる。

「わぁ。もう椅子もテーブルも準備してくれていたんだ。ありがとう。これ持ってきたんだけど、運ぶの手伝ってくれる？」

「おう！　みんな！　こっちだ」

ワイズ調査のお願いをして、各々準備に取り掛かる。

私とルカは椅子を借りて部屋の隅で一人一人ワイズ調査。

ルカが測り、私がメモしてクッキーを渡す。

サリーは厨房で女子チームとシチュー作り。

マリウス兄様には男子チームとパンのくり抜きをお願いする。

そう。今日のメニューはパングラタン。

きのこのシチューでパーティにしようとネイトと話していたけれど、ただのシチューじゃパーティ感がないかと思い、パングラタンにしたのだ。

「中のパンくり抜いてどうするんだ？　ここが一番柔らかくて美味しいところだろ？」

「あぁ、くりぬいたパンは明日残ったシチューのお供に食べるといいですよ。今日はこちらのくり抜かれた側を使います」

「こっち？」

「ふふふ。食べられるお皿です！」

あとはシチューをパンの中に注ぎ、チーズを振って、焼く。

あつあつとろとろのパングラタンはとても好評であっという間になくなった。

パーティの後は、片付けしつつみんなで遊ぶ。

男の子たちは木の棒を振り回して騎士ごっこ。私は女の子たちと本の朗読。

「あ！」

騎士ごっこをしていた子たちの木がこちらに飛んできた。
え？　え？　結構太くない？
これ……危ないのでは？
わぁっと散る女の子たち。私も！　と逃げようとしてすっ転んだ。
あ、やばい。
……と思ったけれど、何もぶつからない。
あれ？　と思ってみれば、マリウス兄様によって木は消炭になっていた。
さすが兄様！
「マリウス兄様！　ありがとうございます！」
「無事か？　ならいい。それよりお礼はそっちに言ったほうがいいんじゃないか？」
そう言って、兄様は騎士ごっこしていた子たちのところに行った。
注意をしつつも、簡単な剣の稽古をつけてあげるらしい。優しい。
それより、そっちとは？
ん？
振り向けばネイトがいた。
ん⁇
「本当鈍臭いやつだな。大丈夫か？」
そう言われてやっと気づいた。

さっきいるところから移動していたことに。咄嗟に私を抱えて回避してくれたのだ。

一瞬のうちにここまで……身体強化したネイトだからできることね。

「あ、ありがとう」

「はぁ̶。ほんっと、お前は小っさいし、力はないし、鈍臭くてハラハラする。俺がしっかり守ってやんないとな」

まぁ！

本当にネイトは息を吐くようにこういうことが言えるんだから。

「そうだな。俺らもお嬢のこと守るから」

ヒョイっと顔を出したのは、ルークだ。

ルークは11歳でこの孤児院の中では一番年上のグループに入る。年が離れているので、それほど仲良くしていた記憶はないが、しっかり者でそれとなく年下の子のフォローをしてくれる頼れるお兄ちゃんだ。

「ほんと。今までちゃんと言ったことなかったけどさ。みんなお嬢には感謝してんだ。お嬢が畑やり始めて、俺らは初めてパーティの楽しさを知ったし、普段の食事も1品増えた。それに俺らに文字や計算教えてくれたから、店や農家に就職できた奴もいる」

こうやって改めてお礼を言われるとちょっと照れるな。

でも良かった。少しは役に立てていたんだ。

「孤児院出なんてさ。なかなか働く場所がなくて、女は娼館、男は傭兵になるのが多かったんだ。

それが今年はみんなどっかの店に就職している。それは畑をやる関係で街の人たちとやりとりすることが増えて、俺らに対する変な偏見が減ったのもあるし、文字の読み書きができるのも大きかった。どっちもお嬢のおかげだよ。……お嬢。ありがとう」

「わ、私そんな大層なこと……」

「ただのきっかけかもしれない。けどこのきっかけがなかったら、おれは傭兵になっていたはずさ。だから俺らはいつでもお嬢の味方だから」

そしてルークはスッと手を胸に当てる。

「命に替えてもあなたを守る。我が名にかけて」

「もちろん俺も。命に替えてもあなたを守る。我が名にかけて」

この『命に替えてもあなたを守る。我が名にかけて』というのは、ちょっと前に私が朗読した騎士物語での騎士様のセリフだ。

結構好評で、しばらくこの『我が名にかけて』が孤児院で流行ったのよね。ふふふ。

そのセリフなら返しの言葉は決まっている。

「途中で死んだら許さないわ。意地でも生きてわたくしを守りなさい」

騎士様に守ると言われて、物語の中で湖の乙女が言った言葉だ。

「ふっ……ふはっ……ははは！」

最初に笑ったのは誰だっただろう。

迫真の演技をした私たち3人は、真面目な空気に耐えられなくなってきて、笑い合った。

✴

あれからまた数ヶ月たって、外は春の暖かさが降り注ぎ、我が家の庭も私の大好きなラナンキュラスが咲き誇る時期になった。

ルカは宣言通り3ヶ月で私の19センチの木型を作り上げた。

そのまま他のサイズの木型製作に入ろうとしたところで私からストップをかける。

「以前ルカの話を聞いて思いついたのですが、底の厚い不安定な靴を作って、まずお金を稼ぎたいと思います」

「そういえば、そんなことおっしゃっていましたね。底が厚くて、足長が短くて、底がカーブしているっていう靴でしたっけ？」

この話を最初にしたのは、ルカに専属靴士になってもらえないかと口説いていた時。

あの時は、ルカの話を聞いてダイエットスリッパも作れるな、私も欲しいなぁ程度だったけれど、ルカから木型にかかる期間や量などを聞いて、先にお金を稼がなければならないことに気がついた。

事業としてやっていくために最低限揃えなければならない資材費だけでも、結構なお金がかかるのだ。

プリンの時にかかったのは器のガラス瓶と卵、牛乳、砂糖、カラバッサという原材料費だけ。

その他の調理器具は家にあるのを使っていたから、初期費用の高さを甘く見ていた。

我が家は靴屋じゃないから、靴を作るためのあれやこれやは一から揃えなければならないのだ。ルカは実家で修行中なのでまだ事業を展開していないが、今からでも金策しないといつまで経っても立ち上がらない。

そう気づいてしまったのが先週。

どうしようかと頭を抱え、うーんうーんと捻り出したのがダイエットスリッパ。

もともと私が欲しいと思った物だから、次に作ってもらおうと思って簡単な設計図を描いていたし、女性にとって美は追求したいものだから美脚とか美姿勢を謳い文句にしたら売れると思ったのだ。

あと、私が知らぬ間に特許を得てロイヤリティを稼いでいたフロアワイパーのように最初にモノさえ作って特許を取ってしまえば、こちらで頑張って生産しなくてもお金が入ってくる。

現状靴を作れるのはルカ一人で、大量の木型も作らなければならないし、修行もしなければならない。

時間はいくらあっても足りないくらいだから、生産は誰かに任せたいのだ。

母様にも相談したら、出来上がったら母様自ら商人に売り込んでくれるそう。

確かに特許取っただけでは認知度がなさすぎて売れるものも売れないか。

全然考え付かなかった。

そして今はルカに自分で描いた設計図片手に、ダイエットスリッパを説明しているところ。

「でもお嬢様、そんなに底をカーブすると歩きにくいと思うのですが……」

「そうです！　それを狙っているのです。不安定な靴で歩けば、体はバランスを取るためまっすぐ保たねばなりません。まっすぐな姿勢というのは、ちゃんと体幹が鍛えられてないとできないのです。なので、この靴を履いている間は自然と背筋が伸び、体幹を使って姿勢を保つことになります。これならいつでもどこでも好きな時にトレーニング可能です」

それでもルカは懐疑的だ。

「なるほど。しかし……ご令嬢がトレーニングなどするでしょうか？」

「しますよ。履くだけで、美脚、美尻、美姿勢が手に入るとなればきっと女性は買います。それと、少し前にマナーの先生に聞いたのですけど、これから体のラインがわかるドレスが流行るそうですよ。今までは隠せたあれやこれやが気になる頃だと思います。商機です！」

そんな話聞きたくなかった……などとぶつぶつ言っているが、これも仕事と思って我慢して欲しい。

それからルカは修行の合間にダイエットスリッパ作りに取り掛かり、1ヶ月後にカーブの角度違いのスリッパを3足作り上げた。

その中から安全かつ足やお尻の筋肉に効く一つを選び、その角度で足長とワイズ違いの2足を作り上げたのがさらに1ヶ月後。

大人用、子供用ということでサイズ違いの二つ特許を取った。

ダイエットスリッパというと拒否感があるかと思い、名前は「ラインキーパー」だ。

履いてトレーニングすることで、ピンとした良い姿勢ライン、身体のラインをキープするって意味なのだが……ちょっとわかりにくかったかもしれない。

ちなみに特許をとって売り出したのは、木のソールに甲を覆うフロント部分は革のシンプルなデザインだが、オーナー特権で私の靴のフロント部分は、花柄の刺繍入り布地だ。

厚紙を中に芯として入れる一手間がかかっている。

基本誰か他の人が作ってロイヤリティだけ稼げればいいかと思ったが、わざわざ頼まれることがあったならフロント部分はお客様の好きな布を使って作る、ちょっと価格高めのセミオーダーにしてもいいかもしれない……。

うん。お金は大事！　どうか売れますように！


春になったらやろうと孤児院の皆で話していたことがあった。それがさつまいも植え。

畑を始める時に、最初に思いついた野菜だ。

落ち葉を集めて皆で焼き芋楽しいだろうなと思っていたのに、ジョセフに聞いたらもう植えつけの時期が終わっていて泣く泣く諦めたのだ。

だから今年はさつまいも。

秋になったらさつまいもパーティだ！　楽しみ。

孤児院は、きのこパーティの時にマリウス兄様が少し剣の相手をしたことで剣ブーム。

兄様みたいに剣も強い、魔法もすごいのは、やっぱり憧れるよね。

今男の子たちは私の護衛に少し指導してもらっている。

私も護衛の近くにいるようにしている。

どこにも行けないのは嫌だなーとかは思わない。

なぜなら。私の目の前には今天使がいるから！

「はぁ〜。可愛い。いつの間にこんなに大きくなって〜。よちよち歩いてるー！　あんなにニコニコで歩いてくる姿……可愛すぎる」

レアが世話をしていた赤ちゃんのミアもいつのまにかよちよち歩きができるようになっていた。

今日はポカポカいいお天気だから、庭に布を敷いて、レアと私を含め数名の女の子とミアを愛でている。

「可愛いのはわかったから、絵本も読んでよー！」

そうだった。

愛でるために集まった訳ではなかった。絵本の朗読するんだった。

「この子もきっとお話楽しみにしていますよ」

「じゃあ今日は……」

「ねぇ。お姫様の本読んで！」

「私も！　お姫様の本がいいわ！」

女の子たちはお姫様の話が大好きだ。

もう何度読んだかわからない。

「こないだも読んだのに。随分お気に入りだね？　ふふふ」

「うん！　最初は婚約者の王子様も家族も味方じゃなくて、嫌な人ばっかりで悲しいんだけど、婚約破棄されて、追放されて違う国に行ったらもっと楽しい毎日が待っているじゃない？　すごくお姫様頑張っているから、やっと幸せになれてよかったーって私も幸せになるんだよね」

「わかるー！」なんて盛り上がる女子の許に男の子が1人やってきた。

誰だろう？　年はマリウス兄様くらいかしら？

見たことないし……身なり的にも孤児院の子じゃないよね？

「レア……久しぶり。ちょっと話せないかな？」

レアはミアのことを頼むと話をしに行った。

私たちはその後何度も読んだお姫様の話を読み、男の子が何人か増えたので騎士物語も読んだ。

その頃になると、ミアも退屈してきたのかぐずり始める。

ど、ど、どうしよう？

もう話終わったかしら？　とちらりと窺うと、泣き声に気づいてレアがこちらに帰ってくるところだった。

先程話していた男の子も戻ってきて、胸に手を当て挨拶をしてきた。

「先程は挨拶もなく申し訳ありませんでした。ドラステア男爵が次男レイモンドと申します。以後よろしくお願いします」

「まぁレイモンド様。ご丁寧にありがとうございます。お初にお目にかかります。テルミス・ドレイトと申します」

「昨年のパーティは病にかかってしまい、出席できませんでしたので、ここでご挨拶できてよかったです。兄から話を聞いたのですが、その……隠されてはいないのですか？」

あぁ。ドラステア男爵の次男ならイヴァン様の弟か。

となると……隠してないかと聞かれているのは、スキルのことなんだろうな。

「隠しても……いずれバレることですもの」

「しかし！　それでは……いえ……。それにまだこのような場に来られているのは驚きました。大丈夫なのですか？」

レイモンド様は一瞬焦ったように口を開いたが、その理由は語らなかった。

突然レイモンド様がふっと身を屈めた。

誰にも聞かれぬよう一言ささやくと彼は「それでは。また」と言って帰って行った。

呆然と立っている私を変に思ったのか、ネイトがやってくる。

「大丈夫か？　なんか嫌なことでも言われたのか？」

「え？　あ、いいえ。心配してくれてありがとう。でも大丈夫よ」

本当か？　と瞳を覗き込んでくる。

早く切り替えないとネイトは結構鋭いのだ。

「本当よ！　それよりさつまいも。そろそろ植えよう！」

「全く……無理はするなよ！」

納得していなかったようだが、追及はされないらしい。

よかった。

さつまいもはあっという間に植えられた。

ネイトがスキル判定で身体強化になったので、畑づくりがすごく高速で進むし、皆も手慣れてきて、手際がいい。

唯一私だけが畝につまずいて転《こ》けたり、騒がしかった。

薄々気づいていたけど、私結構運動音痴よね……。

みんなに大丈夫かと心配されたり、何やってんだと呆れられたり、泥だらけの顔を笑われたり、さつまいも植えは何事もなく、和やかに進んだ。

ちゃんと植え終えて、少し休憩するとそろそろ帰る時間だ。

とても楽しかったはずなのに、馬車の中で一人になると言いようもない不安が首をもたげる。

「早めに平民になった方がいいんじゃないか？」

イヴァン様のような侮蔑の言葉ではなかったと思う。

ではどういう意味だろう？

耳元で囁かれた言葉がいつまでも離れなかった。

✴

水の入った桶の中で茎を切り、水切りする。

勉強で部屋にいることが多いので、部屋に花があると癒やされるのだ。

普通は使用人がやってくれるのだろうけれど、ここは私室。

お客様が来ることもないので、見栄えなどあまり気にせず自由に飾っている。

ジョセフに教わった通り、水切りして砂糖水に生けると、なかなか花持ちがいい。

今日まで飾っていたのは、白のストックに黄色のオンシジウム。

ストックは萎れてしまい、オンシジウムも元気な花が少なくなってきた。

背の高い花瓶からミルクピッチャーに生けかえる。

真っ白なミルクピッチャーに黄色いお花……可愛い。

背の高い花瓶には、今日ジョセフからもらってきたピンクのストックと薄いレモンイエローのカーネーション。

同じストックだけど白からピンクに色が変わるだけで、ガラリと印象が変わる。

一気に部屋が明るくなる。

まだ外は少し寒いけれど春の気分だ。

「準備はできたかい？」

「はい！　マリウス兄様！　今日はよろしくお願いします」

「うん。よし。格好も問題ないね。じゃあローブもしっかり上から羽織っておいて。それから今日一日僕はマリオンだからね。呼ぶ時は注意するように。行く前に、一応テルミスの魔法見ておきたいから訓練所に寄るよ。いいかい？」

「わかりました。マリオンさん」

兄様は最近とても忙しい。

以前から忙しかったのに、さらに剣と魔法の訓練量を増やしているようだ。

そんな兄様と久しぶりに今日はお出かけ。

忙しいのに私の用事についてきてくれるらしい。優しい。

「え！　アルフレッド兄様!?　王都に行かれたのでは？　学校はどうしたのです？」

訓練所には学校に戻るために王都へ帰ったアルフレッド兄様が待っていた。

「あぁ。ちょっと用事ができて戻ってきた。学校があるから今夜にでも発つけどね。それより魔法が使えるようになったんだって？　マリウスに聞いて驚いた。俺にも見せてもらえるかい？」

「そんな……見せるほどのものではないのですが……」と言いつつ、ポシェットから魔法陣を取り出す。

何を見せればいいんだろう。一番練習している土壁がいいかな？

「地《ティエラ》」

ズドーンと兄様たちと私の間に壁が出来上がる。

さっき兄様に羽織るように言われたローブのおかげで魔法使い感満載だ。

壁の向こう側で「これなら……」「やるな」などぶつぶつ話しているのが聞こえる。

「お兄様……どうでしょうか」

「うん。いいんじゃないか！　まぁ何事もなければ使わないと思うし。その紙は一応ローブのポケットに忍ばせておいて。実演を求められてもこれだけできれば問題ないはずだ。あ……一応攻撃もできるのか？」

攻撃？　そういう用途で練習してなかったからな。

「えーっと……あ、こんなのどうでしょう？」

「水《アグア》」

高圧ホースのようなイメージをして、土壁目掛けて放出してみる。

土壁に穴が空いた。

できた！

「こりゃすごい。テルミス。かなり魔力使ったんじゃないか？　大丈夫か？」

アルフレッド兄様が気遣ってくれる。

「大丈夫と思いますよ？」

「そうか。それだけ使えれば問題ない。じゃあそろそろ行くか！　俺のことは今日一日アルでよろしく頼む」

今日は街に降りる。私はあまり街に出掛けたことがないので顔を知っている人はいないだろうが、マリウス、テルミスという名前くらい領民はみんな知っている。

そのままの名前でうろつけば領主の子供として気を遣わせるし、思わぬトラブルに巻き込まれるかもしれないと言うので、今日一日はみんなマリオン、テルー、アルとして過ごす。

ん？　アルフレッド兄様の名前を変える必要性？　それは、その場のノリと言うやつである。

館から辻馬車に乗り、中央広場まで行く。

「フードも被っておいて」

言われた通りフードを被り、二人について行く。

中央広場の真ん中にはオベリスクがあり、周囲には小洒落たレストランがひしめき合い賑やかだ。

広場で馬車を降りる。

冒険者ギルドに馬車で乗り付ける人はそうそういないそうで、悪目立ちを避けるためにもここからは徒歩で行くようだ。

街を歩いたのは初めてだ！

フード越しにキョロキョロすると不審かと思いつつ、初めてのことにワクワクして見渡してしまう。

南へ延びる道を進んで行く。

大衆食堂から酒場や武器屋が増えてきたところにそれはあった。

周囲の建物よりも一回り……いや二回りも大きい建物。

商業ギルドも大きかったけれど、これはさらに大きい。

「これが……冒険者ギルド」

キィ。

戸を開けて中に入ると、無遠慮な視線があちらこちらから飛んできた。

左には大きな掲示板があり、たくさんの紙が貼られている。

3人の男性が掲示板前から私たちを見ている。

二人は、私たちの姿を確認すると興味なさそうに掲示板に向き直り会話を再開したが、一人の男性はずっとこっちを見ていた。

大きな剣を背負い、ガタイが良い。

目つきが鋭く、睨まれているようでちょっと怖い。

だ、大丈夫……ゼポット様のレベル5の殺気よりは怖くない。

そのさらに奥にはカウンターがあり、カウンター奥では職員と思われる人たちが働いている。

右側には、5つのスタンディングテーブル。

二つのグループが話し合いをしているようだ。

そのうち一つのグループは、なにやら揉めているのか、一人の男性の胸ぐらを摑み喚いている。

「うるせぇぞ！」

もう一つのグループから怒号が飛ぶ。

ひぃぃっ！　あーびっくりした。私なんだか場違いでは？

フードかぶっていてよかった……兄様たちと一緒でよかった。

二人は周りに目もくれずスタスタと奥へ。

私も急いで後をついて行く。

「冒険者登録を頼む」

「はい！　ではこちらの注意事項をお読みになり、問題なければこちらの用紙に記入お願いします」

兄様から私に紙が手渡される。

「え!?　あなたが登録するの？　えっと……注意事項代わりに読むこともできるけど？」

「いえ、自分で読めますので」

あぁ。明らかに子供だから読めないと思ったのかな？

でも孤児院の子でも私と同じ歳の子はみんな読み書き完璧なのに。

注意事項は簡単だった。

1．各国の法律は守りましょう。
2．個々で起こした揉め事には基本的にギルドは関与しません。
あまりに酷く、依頼主や他冒険者に損害を与える場合はギルドが取り締まります。
3．装備の破損、怪我及び死亡は自己責任です。
4．依頼を達成すると報酬が、失敗すると違約金が発生します。
5．ギルドカード紛失の際は速やかに申し出てください。
再発行は有料です。

3の注意事項は安全な世界しか知らない私にとっては、なんだか怖い文言に思えるけれど、魔物と闘い、いつどうなるかわからない冒険者となれば仕方のない文言なんだろう。

軽く目を通して、用紙を埋めていく。

名前：テルー
年齢：7

え？　これだけ!?

職員さんは用紙を受け取ると、半球形の水晶を持ってくる。

これは……まさかまた血が必要なのでは？

「はい。準備ができましたので、手を貸してください。はい。このカードに血を垂らして。ＯＫです」

カードを半球形の水晶に差し込む。

水晶がふわっと光り、スッとカードが出てくる。

そこには、真っ黒なカードの中央に【テルー（Ｆ）】と印字されていた。

✦

現在私はギルド裏にある広い訓練所のようなところにいて、目の前にはガタイのいい男性が何やら大きな荷物を抱えている。

「それじゃいくぜ」と荷物の袋を開けると、私の体と同じくらい大きな芋虫が出てきた。

ヒィィィィ！　私は心の中で大絶叫。

怖すぎて声に出なかったのは、ゼポット様のレベル５の殺気を受けた時以来。

「さぁ、キャタピス相手にどこまで出来るか見せてみな」

どうしてこんなことに？

そもそも冒険者ギルドに来たのは母様の勧めだ。

今後事業を拡大して収益が出たら、自分の給料としてちゃんと一定額取っておくように。

そして、それを管理するのに冒険者ギルドカードを使うと良いとのことだった。

確かにオーナーだとお店に使うべきお金とプライベートのお金が一緒になって、結局お店ばかりお金をかけていたということになりそうだと冒険者登録に来たのだが、登録の説明を聞いていたら難癖つけられた。

「登録完了です。それでは、詳しく説明していきますね。あちらの掲示板には依頼が貼ってあります。その中から依頼を選び、依頼の書いてある紙とギルドカードを持って受付にお越しください。こちらで受付完了すれば、依頼が受けられます」

なるほど。

ギルドに入ってきたときに、３人組が見ていたのは依頼だったのか。

「尚、依頼にはそれぞれランクがあります。緊急時を除き、自身のランクの上下1ランクの依頼しか受けられません。今登録したばかりですので、テルーさんはFランク。今はE、Fランクの依頼しか受けられません。依頼を完了させ、ギルドに報告し認められると報酬が入ります。ちなみに失敗すると違約金が発生します。ここまでは良いでしょうか?」

「はい。問題ないです」

「報酬は基本的にはカードに振込なので、現金がご入用でしたら現金で欲しいと受付で申し出てください。入金、引出は世界各国の冒険者ギルドで可能です」

ふむふむと聞いていると、後ろが騒がしくなっていた。

「おい！　坊主！　早くしてくれないか！　こっちは依頼こなして疲れてんだよ！　明らかにひ弱なお前が、こんな時期に登録に来るとなると身分証欲しさだろーが！　王都の方が騒がしいから、怖くなったか?　だがな、腕のない冒険者なんてすぐ死ぬぞ。お前が死んだってどうでもいいけどよ、どーせ死ぬなら無駄な手間かけさせせんじゃねぇよ。これからお前みたいなのが増えるのかと思うとイライラするぜ！」

なんだか色々言われたけれど……坊主?

え?　私の事?

そりゃさ、今日は動きやすいようにズボンだし、体の8割暗いダークグリーンのローブで覆われているけどさ、顔もフードで隠れているけどさ……。

まだ7歳だからボン、キュッ、ボーンな体じゃないけどさ……。

男の子に間違われたのか。ちょっとショック。

「ギルドでの争いはご法度ですよ！」

受付嬢が助け船を出してくれた。

「でもよ、これからこいつみたいなのが増えたら、ちまちま登録待ちしなきゃなんねーし、低ランクの依頼なんて街中以外は採取で場所が大抵決まっている。大量の新人が入ってくれれば絶対トラブルの元だと思うぜ」

「まぁ、そうですけど。この子がその理由で志望したかはわかりませんし、犯罪者でない限り、ギルドでは拒めません」

「なぁ、こいつが戦えれば文句ないんだろ？」

なんだかよくわからない理由で難癖付けられていたら奥からガタイのいい男性がそう言ってきた。

まぁ……王都がどうのこうのというのは全く身に覚えはないけれど、冒険する気も冒険する技量もないのは事実だからあながち謂れのない誹謗というわけではない。

どうやらこの冒険者ギルドの偉い人らしい男性はそう言って場を納め、私たち3人と難癖つけてきた冒険者グループを訓練所に連れて行った。

そして「ちょっと待っていろ」と言うと15分ほどで大きな袋を担いで戻ってきた。

なんだか嫌な予感がしたところで冒頭の事件に戻る。

そう。もう事件です。

こんなに大きい……芋虫なんて！

何故生きている魔物が？　え？　今捕まえてきたの？

そんなことはもうどうでもいいけれど、この芋虫どうしよう。

こんな大きな虫……怖い。

来る前に兄様に見せた高圧ホースのように水で穴を空ける？

想像してみて、内臓……があるかどうかわからないが、それらがビシャっと飛び跳ねるところまで想像してしまい、気持ち悪くなった。

え？　どうしよう？

その時キャタピスがこっちに向かってきた。

はやっ！　え！　こないで！　こないでー！

声にならない絶叫の中、なんとか「地《テイエラ》」と唱えて、「もうこっちにくるな」のイメージの如く、土で巨大な手ができた。

そのままキャタピスを平手で押し飛ばす。

さながら相撲の突っ張りだ。

キャタピスは訓練所の壁に激突して、息絶えた。

はぁっ……よかった。

助かった……。

「やるじゃないか！　一撃！　お前、これで文句ないな」

「あぁ……悪かったな」

そう言って難癖つけてきた男性は帰って行った。

「あとギルドカードちょっと預かるぞ。とりあえず1ランク上げとくから」

「え？」

「キャタピス一応Eランクの魔物だし。一撃で倒せるならDでもいいかなと思ったんだけどな。戦い慣れしている感じはしなかったから、あんまり急に上げると危険だ。だからEでいいか？」

「え、えぇ。構いませんが……」

「あと、あいつのことも悪く思わないでくれよ。先週お前さんくらい小さい坊主が登録してきてよ……登録はしたんだが、Fランクの採取依頼で魔物と出会っちまったみたいでなぁ。あいつのパーティがちょうど一方的にやられているのを発見して、すぐに助けに入ったんだが、ダメだった。そんなことがあったもんで、お前さんが登録するの嫌だったんだろうよ」

「そうでしたか……」

いい人だったんだな。

こうして私はEランク冒険者になった。


その夜は超巨大なキャタピスに追いかけられる夢を見た。

怖すぎて叫びながら起きたので、部屋の近い兄様を起こしてしまった。

夜中に起こされても怒りもせず、「初めてだったのによくやった。怖かっただろう」と眠るまで一緒にいてくれた兄様は、やっぱり優しすぎると思う。

兄様はまだ10歳。

兄様だって子供なのに、いつだって余裕があって、私の面倒を嫌がらず見てくれる兄様は、もしかして聖人ではないだろうか。

そんなことを考えつつ、うつらうつらと夢の世界に帰って行った。

✦

私の名前はコーデリア・ウルマニア。

ウルマニア公爵夫人を務めています。

半島の先端にある領地を統治していますが、王都での社交も重要なため、基本的には引退した義両親が領地に籠り代理で領地経営をし、私たち領主夫妻は王都で暮らしています。

もちろん最終決定権は領主である夫にあります。

そのため夫は何もなければ夏と冬の社交シーズン以外は2ヶ月に1度領地へ赴き、あれやこれやと指示を出しています。

全く領地に戻らない貴族も多いので、領地が遠い割にはマメに帰っている方だと思うわ。

さて、今は夏の社交シーズン真っ盛り。

この時期公爵家では2、3日に1度はお茶会や夜会が開かれ、大変賑やかです。

今日は私の学生時代の友だちを中心に小規模なお茶会があります。

私だって「公爵夫人」としてじゃなく、一人の人間として会いたい人がいるのです。

まぁ、全く家のためにならない話をするのかといえば、そうではないのですけれど。

それでも、気心知れた友人との話は同じ社交でも楽しいものです。

そんなややプライベートに近いお茶会を毎年夏と冬に1度ずつ開いていましたが、その中でも今日は特別。

学生時代の友人マティスが来るからです。

彼女はドレイト男爵家に嫁いだ男爵夫人です。

身分的には天と地ほど違うのですが、ひょんなことから私と彼女は学生時代に友人となりました。

このプライベートなお茶会なら男爵夫人の彼女も参加しやすいかと招待状を送っていましたが、彼女は冬しか参加しません。

冬の社交以外は領地にこもっているのです。それが今年は夏にも王都に来るという。

彼女が夏に来るのは初めてです。

何かあったのかしら。

チラリと心配しましたが、わからないことを悩んでも仕方ありません。

今は久しぶりにマティスに会えるのを楽しみに過ごしましょう。

お茶会の時間が近づき、マティスがやってきました。

初めて夏に来るマティスとしっかり話したかったのでお茶会1時間前に来てもらうことにしたの

です。

久しぶりに見たマティスは学生時代と変わらず、美しいままでした。

あの流れるような藤色の髪に、キラキラと光るあのアメジストのような瞳に、何人の男子学生が見惚れたことでしょう。

私もあんな髪だったらと思ったことが何度あったことか。

久しぶりと一通り挨拶すれば、彼女から手土産を渡されます。

手土産は大抵王都で有名なパティスリーの新作ケーキか領地の特産品ですが、ドレイト男爵領はカラバッサやじゃがいもなどと言った農作物が特産なので、お茶会の手土産にはなりにくい。

マティスもそう考えているからかいつも王都で流行りのケーキと彼女自身が手がけた刺繍のハンカチを持ってきてくれます。

マティスの刺繍は本当にプロ並みで美しく、私も大好きでよく使っております。

今日は大きめの箱をマティスの刺繍入りの風呂敷で包んでいる模様。

やっぱりマティスの刺繍は素敵だわ。

白地の風呂敷の端に刺繍されたこの青い小鳥はきっとルリビタキね。

領地で時折見られると以前教えてくれた鳥で、見ると幸せになれるんだそうです。

風呂敷を開けて中を見せてくれますが、何やら瓶がたくさん入っていること以外わかりません。

瓶は2種類あって、中には黄色の何かともっと濃い黄色の何かが入っています。

これはなにかしら？

「ね、びっくりしたでしょ？　私も初めて見た時びっくりしたもの。初めて領地で作ったものをあなたにあげられるわ。いつも王都に住むあなたに王都のケーキで、なんだか悪い気がしていたの。今日持ってきたこれはね、プリンというのよ。ケーキではないけれど、これもお菓子。今までにない食感だから、食べたらきっと驚くと思うわ」

お茶会前にマティスと食べられるよう侍女にお茶を入れ直してもらう。

何……これ？

トロッとしているようなぷるんとしているような。

初めて食べるわ。

あっという間に一つ食べてしまいました。あぁ、いくらでも食べられそう。

もう一つはカラバッサで作ったプリンなのだとか。

まぁなんて濃厚なんでしょう！　どちらも美味しいけれど、私はこっちの方が好み。

聞けば、今後売り出す予定だという。

これなら今度の夜会の手土産にできるかも。

来週までに300ずつ用意できる？　と問えば、「まぁ。そんなに買ってくれるの？」と目を丸くしていたわ。

急に300ずつなんて無理かしら？

来週に行う夜会が一番規模が大きく、王族の方もいらっしゃるから、できればそこで配りたかったけれど……仕方ないわね。

夜会はまだ5回ある。150人規模が2回と100人以下の小規模なものが3回。

いくつなら手配可能かしら？　と頭の中であれこれ計算しているとマティスがにっこり頷いた。

「300ずつね。問題ないわ！」

それからよくよく聞けば、しばらく販売は夏と冬にマティスが来る時のみ。

空間魔法で持ってくるのだとか。

それならば……かなりの数用意できるはずね。

1500ずつ可能かしら？

我が家にも空間付きバッグはあるので、短い消費期限のものも保管できます。

流行を作り出す手腕も公爵夫人として必要な手腕だと私は思っております。

プリンは私が頑張らなくても、きっと流行る。

だからこそ一番初めに紹介しないと意味がない。

そうね。

今シーズン全ての夜会、茶会で配りましょう。

後日公爵邸は「どこで買えるのか？」という問い合わせが殺到し、とても慌しくなりました。

マティス……これは、大変よ。

かなりしっかり手綱を握れる人が必要だわ。私が力になるのが一番いいかしら？

そしたらちょくちょくマティスとも会えるわね。面白くなりそうだわ。

久しぶりにマティスと関われるのを喜びつつ、私は手紙をしたためるのでした。

第七章✴変わりゆく日常

あっという間に春が終わり、夏になり、秋になり、そして寒い冬が近づいてきた。

実はマリウス兄様、アルフレッド兄様と一緒に冒険者登録に出掛けてから、一度も館から出ていない。

毎週通っていた孤児院すら行けてないのだ。なぜだか本当に忙しかった。

春から夏にかけては母様とサリーやルカの4人で決めることが多くて孤児院に行けなかった。

夏の社交の時に初めてプリンを売るので、価格や販売数量、売り先などなど詰めることが多かったのだ。

ついでに母様は王都の商人にラインキーパーを紹介してくるからと言うので、ルカは実物を10個ほど作り、私は私で、販売価格、使用方法、効果、効能などなどを一つの紙にまとめて、商人用企画書とお客様用のパンフレットを作ることになった。

各20部ずつ。

この世界に印刷なんてものはないし、字は綺麗に書かねばならないしで、かなり時間がかかってしまった。

プリンは一度でも食べれば広がるのは早いと思うけれど、ラインキーパーはちゃんと売り込まなきゃダメだと思う。

そんなこんなで忙しく、土日の自由時間だけでなく、木曜日の孤児院の時間も返上で働くことになったのだ。

そのおかげか夏の社交は大盛況。

プリンは母様の友達のウルマニア公爵夫人が大量購入してくれた上、それを全ての夜会、茶会の手土産として配ってくれたので社交界で一気に広がり、用意していた６０００個のプリン全て売り上げた。

ラインキーパーに関しても上々で、王都で昔から続く老舗の商店、今勢いのある新興商店など合わせて5店に営業をかけた結果、３店から色よい返事がかえってきた。

他にもアルフレッド兄様が少ない休みの間に戻ってきた時は、兄様たちと一緒に魔法の訓練をした。

兄様たちと訓練するのは初めてだ。

今まで女の子だからか、歳が離れているからか、ライブラリアンだからかわからないけれど、一緒に訓練したことはなかった。

兄様たちは本当に強いから……確かに私が入っても足手纏いなのだけど。

そんな二人に一緒に訓練しようと誘われて嬉しくないわけがない。

それに、教わるばかりじゃなくて、私が魔法陣を教えることもあった。

ちょっと嬉しい。

これだけ強いのに、まだ強くなろうとする二人。

マリウス兄様はもちろん、アルフレッド兄様だってまだ10代の子供なのに、なんでこんなに努力できるんだろう?

偉すぎる。

それに比べて、私はメリンダに見ていてもらわないと怠けちゃうからな……。

二人のそのモチベーションはどこからくるのだろうか。

アルフレッド兄様はそれから2ヶ月に1度位帰ってきたので、その都度一緒に訓練をした。

みんなでやれば成長も速いのか、私はゆっくりだけど兄様が打ち出した火球《ファイアーボール》を水で消すことができるようになった。

つまり、的を狙えるようになった。

これはなかなか練習しようがなかった上、私が運動音痴だから当てるのはとても難しかったのだ。

今でも速く放たれると全く対処できないが、一歩前進だ。

ちなみにマリウス兄様は魔力操作を一通りできるようになったところで、アルフレッド兄様は魔力感知も操作もあっという間に覚えてしまった。

さすがである。

次は実際に魔法陣を使ってみようと話をしているところだ。

他にも最近マナーの先生から大量に課題を出されるのでそれをこなすため、部屋でせっせと課題漬けになって孤児院に行けない時もあったし、ウルマニア公爵夫人とそのご子息がやってきたこともあった。

これでもまだ領主の娘ですから、マリウス兄様と一緒に庭を案内したり、公爵家の子供たちと遊んだりおもてなししなければならない。

と言っても、マリウス兄様の一つ上の11歳と一つ下の9歳の男の子たちなので私は基本みんなで遊んでいるのについていくだけだった。

しかし、流石公爵家の子供。

遊んでいる時も一番小さい私が疲れていないか、ちゃんとついてこられているかと気にしてくれて、私がおもてなししているのか、私が遊んでもらっているのかわからないほどだった。

そして今月やっと孤児院に行ける！　と思ったら、孤児院で流行病だからしばらく行ってはならないと言われてしまった。

はぁ。タイミング悪かったな。

そんなこんなで、さつまいもを植えて以来孤児院に行けていない。みんな……元気かな？

さつまいももう収穫しちゃったみたいだし。パーティしなかったのかなぁ。

呼ばれなかったなぁ……。

最近行ってなかったから愛想尽かされたのかなぁ。

……さみしいな。

「お嬢様、お客様がお見えです」とメリンダが呼びに来てくれた。

お客様……？　そんな予定あったっけ？　と首を傾げつつ応接室に行くと、父様、母様、マリウス兄様が勢揃いで一人の女性を囲んでいる。

とても親しげに話しているが……誰だろう？

「テルミス。来たか。こちら有名な冒険者のイヴリンさんだ。テルミスの曾祖父様とは戦友でな、それで近くに来た際はいつも我が家に寄ってくれるんだ。イヴリンさん。娘のテルミスだ」

「お初にお目にかかります。テルミスと申します」となんてことないように挨拶したけれど、今変な言葉が聞こえたような。

曾祖父様と戦友？　この方は一体おいくつなのだろうか。

目の前に座るイヴリン様は、冒険者だからか身長は高く、細身ながらしっかりした体つきだ。

腰まで流れる輝くばかりの金髪は後ろで一つにまとめ、顔はたいそう美しい。

傾国の美女っていうのは、こういう人のことを言うのだろう。

年は……わからない。

アルフレッド兄様と同じと言われても納得だし、母様と同じと言われても納得だ。

とても曾祖父様の友達とは思えない。

そう疑問に思っていると、それが顔に出ていたのだろう。

「こんな見た目で曾祖父様と友達と言われても困っちゃうわよね。私はエルフなの。だから見た目よりずっとずっと長く生きているのよ」

エルフ！　初めて会った。

見た目よりずっと長くってどれくらいだろう？

「あなたの曾祖父様とは100年ほど前の戦争で一緒でね、実はあなたとも会ったことがあるわ。ちょうど前回寄ったときにあなたが生まれたの！　初めて子供が誕生する場面を見て、感動しちゃった。あ、そうそう。これからしばらく泊めていただくことになったから、よろしくね！」

「よ、よろしくお願いします。イヴリン様」

100歳以上だった！

いやもしかしたら、200歳以上かもしれないし、300歳以上かも？

「そんな堅苦しくしないで、イヴリンでいいわよ、イヴリンで。親戚のお姉さんが来たくらいに思ってくれたらいいわ」

「え、えっと……ではイヴリン……姉……様？」

「姉様！　ほんとテルミスちゃん可愛いっ！　困ったことがあったらいつでもお姉さんに話してね！」

こうしてチャーミングな姉様との暮らしが始まった。


イヴリン姉様はいろんな土地のことを話してくれた。

この世界にはテレビもインターネットもない。

王都にはあるのかもしれないが、田舎のドレイト領には演劇もない。

本以外に娯楽がない中、姉様の話はとても面白かった。

食後はいつも家族みんな姉様を囲み、話をせがむ。それが我が家の新習慣になった。

曰く、クラティエ帝国側のカラヴィン山脈では虹の渓谷と呼ばれている場所があり大地が虹のように層をなしているとか、半島の南に竜の住まう無人島があり、そこには黄色くて甘い果実がなっていてそれが大好物だとか。

ここドレイト領に暮らしているだけでは、想像したこともない冒険の話にみんな夢中だった。

私も冒険に行きたくなったくらいだ。

けれど、そこで落としてくるのもまたイヴリン姉様。

森で遭難しいつのまにかアラクネの巣に入り込んでいて、全身アラクネの糸でぐるぐる巻きにされた話や戦闘中に荷物を盗まれ、１週間即席で作った魔物の干し肉とわずかな雨水で凌いだ話。

それに魔物の返り血がすごくて不審者に見られ入国拒否された話とか。

ちなみにアラクネの巣からは火魔法で脱出したのはいいが、アラクネの群れだったので、囚われては脱出の繰り返しで命からがら逃げたらしい。

冒険者って大変なんだなと、安直な私の冒険したい気持ちはしゅるしゅると萎んでいった。

イヴリン姉様は、１００年以上生きているだけあって魔法陣についてもよく知っていた。

と言っても、エルフは魔法に長けた種族らしく姉様自身は魔法陣を使わないのだが。

だから、基本的に「昔こうやって使っていた人がいたよ、こうやるといいって聞いたよ」という断片的な知識なのだが、今や完全に廃れた魔法陣について話を聞けるのはすごくありがたかった。

「昔は石に魔法陣を刻み込み、アクセサリーとして常に身に着けていた方がいるようなのですが、お姉様は何かご存じですか？」

「あぁ、みんなよくつけていたね」

やっぱり！　魔法陣付きのアクセサリー昔はあったんだ！

これさえあれば私だって魔法を使えるようになる。

私もアクセサリーを作ろう！　と一気に希望が花開いたところで、イヴリン姉様が不思議そうに聞いてくる。

「でもテルミスちゃんどうやって作るの？」

「へ？　属性の合った素材の方が魔力消費も効率がいいと本で読みましたから、宝石店でガーネットやサファイアのクズ石を買って刻印してもらおうと思ったのですが」

「うーん。それでも大丈夫なのかなぁ？　昔は刻印屋がいたのよ。自分で刻印できない人はプロに頼んでいたの。でも今って魔法陣使える人がいないでしょ？　だから正確に刻印できる人っていないんじゃないかな？」

刻印屋!?

「正確に魔法陣を写せるだけではダメなのでしょうか？」

「ダメってわけじゃないけど、上手く写せても魔力の効率が悪いんじゃないかな？　ほら、魔法陣って魔力を込めて描く方が効果的なんでしょ？　クズ石といえど宝石は高いのに、それに見合った効果が出ないのかもー」

なるほど……。

確かにこの1年で読んだ本に魔法陣を描く際の魔力で効果が変わるという記述があって、実際に魔力を込めて描いた魔法陣と込めずに描いた魔法陣で実験してみた。

魔力を込めて描いた魔法陣は発動の時の魔力消費が10分の1くらいだった。

確かに。効果はかなり変わってくるなぁ。

「ねぇねぇ。テルミスちゃんは結構魔力操作も上手いと思うんだけど、なんで付与魔法はしないの？」

「え？　上手い……？　そうですかね？　まだ基礎で躓いているから、付与魔法に手をつけていないだけですよ」

「全然躓いてないと思うけどねー？」

「でもお兄様は火を自由自在に操れるのに、私なんて意図したところに飛ばすだけでも四苦八苦なんですよ」

本当に兄様たちと比べると私なんて全然なのだ。

兄様たちは難しそうなこともさらっとやってのける。

これは年の差だけでは絶対ない気がする。

「あぁ。お兄ちゃんは比べちゃダメね。まず彼はスキル判定で火に関してだけなら自然と使い方をマスターしているし、魔法のセンスもいいから。テルミスちゃんは一からだから歩みが遅いのは当たり前だし、みんなが魔法陣使っていた頃なら7歳でこのレベルなら『うちの子天才！』って言われていたと思うわよ」

「そうなのですか？」

でも、悲しいかな。

今は誰も魔法陣なんて使ってないから皆より出遅れている事実は変わらない。

「あ、それにー。昔付与魔法上手な子が、真面目に付与魔法を練習すれば魔力操作も上手になるって言っていたわよ！　付与魔法ができると結構便利だし、テルミスちゃんが言っていた魔法陣入りアクセサリーも作れるわよ！」

なるほど！

そういえば、どうせまだできないだろうと読んでいなかったけれどライブラリアンに『付与魔法の全て』ってあったなぁ。

早速今日から読んでみよう。

「お姉様ありがとうございます！　早速今日から付与魔法の本読んでみます！」

「そっかー。テルミスちゃんライブラリアンだもんね。そのスキルすごく便利ね。ちなみに最初に作るなら、聖魔法がいいわよー。みんなこれは持っていたから」

怪我や病気の時、魔力消費少なく治せるし、解毒もできるし、二日酔いも治るからとにかく、おすすめなのだそうだ。

使う石はペルラがいいとも言っていた。

ペルラには、グレーと白の2種類あって、一番いいのはグレーのペルラだが、手に入りにくいらしい。

その晩早速付与魔法の本を読む。

『付与魔法とは、対象物に魔法効果を持たせることである。

その方法、性質は大まかに二つ種類がある。

一つは適切な素材に魔法陣を刻む方法で、魔法陣を刻まれた対象物は魔力を流した際に魔法効果を発現する。

一番一般的なのが魔導具で、スイッチを入れると魔石から魔力を補充して魔法効果を発現する』

なるほど？

我が家にある魔導トイレや魔導エアコンも付与魔法だったのか。

でも魔法陣なんて見たことないなぁ。

『二つ目は、適切な素材に魔力を染み込ませることで、対象物は魔法効果を発現する。

なおこのタイプの付与魔法は、染み込ませた魔力が無くなるまで常時魔法効果が続く。

耐火素材と魔力を染み渡らせた糸で、耐火魔法陣を布に刺せば、その布は一般的な耐火布より強靭な耐火性をもつ。

このように付与魔法する前段階の準備に使われることが多い。

また、ポーションも適切な素材と魔力を調和させた飲み物であるため、製作者の力量次第で品質が変わる。

なおポーションに消費期限があるのは、素材そのものに魔力が付与されているため、素材が劣化するほどに魔法効果も共に消失してしまうからである』

え！　ポーションも付与魔法？

ポーションは聖魔法使いのみが作成できるものだ。

そうすると、聖魔法使いは付与魔法に長けているということなのかな？

『この2種類の付与魔法は、大前提として適切な素材を適切に処理する必要がある。

中には素材によらず、己の魔力だけで付与を行うものもいるが、その付与方法は魔力消費が激しく、効果も低いため、この本では扱わない』

ということは、まずは知識を覚えなくてはいけない。

すぐに習得できるものではなさそうだ。

……もっと早く着手していたらよかった！

付与魔法の本を読みつつ、魔法陣についてさらに勉強していく。

付与魔法には魔法陣を描いて付与する方法があるからだ。

今まで使っていた魔法陣は、すごく初歩の魔法陣だから、二重の円の中に属性を表すマークを描けばよかった。

描いていない条件はイメージの力で補っていたのだ。

けれど付与魔法に使う魔法陣は、イメージするわけではないから条件設定もしなければならず、膨大な決まり事を覚えなければならない。

例えば、私は毎日練習がてら庭に霧雨を降らせているけれど、今までの魔法陣は二重の円の中に逆三角形のマークだけ。

あとは庭のあの辺りまで降らすか、どれくらい細かい水にするかはイメージ次第だった。

けれどそれら全て魔法陣に表さねばならない。

どの位置にどのように書くのか。

そのルールを覚えるのが大変な上、条件を書くのは古代語なので、古代語の勉強もしなければならない。

確かに魔法陣の勉強は難しそうだ。

スキル判定であっという間に魔法が使えるようになるのが嘘みたい。

つまり付与魔法をマスターするということは、素材の特性を覚えることであり、それら素材の加工方法を身につけることであり、魔法陣の描き方を覚えることであり、古代語をマスターすることであり、古代語で書かれた呪文を覚えることであり、魔力を込めながら付与できるようにすることなのだ。

道のりが長い……。

あらゆる知識を総動員してできるのが付与魔法だから、付与魔法を勉強すれば、魔法も上手くなるというのは本当かもしれない。

それにしても……なぜこの古代語で書く呪文は神への祈りなのだろうか。

例えばこの聖魔法の魔法陣。

二重の円の中に火、水、風、地のマークを描き込み、線で繋げ、周囲に癒やしの呪文、命の呪文を書き記してある。

この四つの魔法が記されているのは、地は固体、水は液体、風は気体、火は光る稲妻を表しているらしい。光る稲妻は電気のことだろうか？

そして万物を構成するのはこの四つの要素らしく、大抵の魔法陣にはこの四つの魔法のマークが入る。

そこに癒やしの呪文を入れることで毒や病など不調の原因を消し、その後命の呪文を入れることで、体の細胞やなんやかんやを活性化し、自己治癒力を高め、傷ついた体を治すのだ。

この古代語がまた難解で苦戦している。一文字一文字に意味があるのだ。

漢字みたいだから理屈はわかるのだけど、幼い時から周囲に漢字が溢れていた前世と違って、古代語は全くお目にかからない。

だから覚えるのが大変なのだ。

よく使う古代語は、魔法陣で使うための文言として決まった定型があり、今回使用する癒やしの呪文、命の呪文も定型文だ。

しかしそれはこの聖魔法の魔法陣が初級の魔法陣の域を出ていないからであって、上級の付与魔法使いはオリジナルの魔法を開発したりするらしく、定型文ではカバーしきれない部分は自分で文を作るようだ。

ちなみに癒やしの呪文は、漢字に直すと『四柱帰依　祓清邪悪願　癒守温光願』という意味の文字の羅列で翻訳すると『天に御座《おわ》す四柱の神々よ。願わくは我を蝕む邪なる物、悪しき物を祓給《はらい》へ　清め給へ　あぁ神々よ。温かな光で我を癒し給へ　守り給へ』ということらしい。

難しい。

基本的に古代語の文字は神に祈る言葉で構成されている。

昔は魔法の現象が神の起こした奇跡に見えたのだろうか。

そして、今私が読んでいる本も今まで読んだ本も〈聖魔法〉という言葉が一切出てこない。

今回だって私が勝手に聖魔法と呼んでいるだけで、〈傷や病を治す魔法陣〉と書かれていた。

聖魔法は他四つの魔法とは立ち位置が違い、付与魔法の一つなのかも。

ノックの音に本から意識をあげる。

イヴリン姉様が今日も遊びに来てくれたのだ。

というのも、今は冬。

領内会議のため、館には多くのお客様が来ていて、父様、母様はもちろん、次期領主のマリウス兄様も使用人もみんなバタバタ忙しい。

私も去年はマリウス兄様と一緒にお客様の子供たちと遊んだりしていたのだけど、どうやら今年はしなくても良いらしい。

多分だけど、去年私がライブラリアンだということが多くの人に知られて大変だったのではないかと思っている。

そんな役立たずをいつまで甘やかして家に置いているんだ！　なんて言われたのかもしれない。

あ……自分で勝手に想像しただけなのに悲しくなってきた。

まぁつまりレイモンド様が言っていたように、そろそろ平民にさせようってことなのかな？

だから徐々に露出を減らして、冒険者として身分を作って……と準備しているのではないだろうか？

そういうわけで来客の多い今の時期は部屋から出ないよう言われているのだ。

イヴリン姉様は一人で延々魔法の練習しているのを心配してか、毎日私の部屋に来てくれている。

「今日もなかなかお客様が多くて、貴族ってのは大変ね〜。テルミスちゃんもこんな面倒な貴族なんてやめて、私と一緒に旅に出ない？　テルミスちゃんなら大歓迎よ！」

「まぁ！　イヴリン姉様ったら、私が持っていくであろうプリンが食べたいだけなんじゃなくて？ふふふ」

「あ、それいいわね！　やっぱり一緒に旅しよっか」

イヴリン姉様はそう言ってぎゅうぎゅうと抱きしめてくる。

そんな話をしていたら、誰かがドアをノックした。

あれ？　誰だろう？　メリンダかしら？

「どうぞー！」

躊躇いがちに扉を開くとアルフレッド兄様がギョッとした顔でこちらを見ていた。

「アルフレッド兄様！　もう学校は終わられたのですか？」

「はっ！　あぁ。終わってすぐに帰ってきたところだ。ところで、これはどういう状況だ？」

そう言って私からイヴリン姉様をぺっと引《ひ》っ剥《ぺ》がす。

あ、そうか。

アルフレッド兄様とイヴリン姉様初対面だった。

紹介しようと思ったところで、イヴリン姉様が私の手を引く。

「テルミスちゃん可愛いから、一緒に旅しようーって誘っていたところなの」

「二人で旅なんてダメに決まっているだろ！」

あれ？　初対面じゃないのかな？

存外仲の良い二人にびっくりしながら、にぎやかな室内が嬉しくて、ニマニマしてしまった。

イヴリン姉様とアルフレッド兄様はやはり顔見知りらしく、顔を合わせればいつもキャイキャイじゃれ合っている。

そう。アルフレッド兄様も領に戻ってきてから毎日遊びに来てくれているのだ。

マリウス兄様とも会ったらしいのだけど、マリウス兄様は次期領主のためお客様の対応もしなければならず、かなり多忙で会えてもほんの少し会話するくらいなのだとか。

多分だから私のところに遊びに来てくれているのだが、部屋に引きこもりの身なのでそれでも嬉しい。

今日は12月25日。

毎年12月25日は、1年の慰労の意を込めてパーティがある。

去年私も初めて参加して、イヴァン様から「ライブラリアンなんてどんな役に立つのか」と聞かれたあのパーティだ。

さすがにこれは欠席できないらしく、久しぶりにドレスに腕を通す。

社交は苦手なんだけどな……。

今日まで表に出なかったのは、きっと私がライブラリアンであることに不快感を持っている人がいるからだ。

だから父様も部屋にいるように言ったのだと思う。

私が嫌われるのはいいけれど、父様や兄様の足は引っ張りたくないな。

どう話したらいいのだろう？　あぁ、社交は苦手なのに！

そうこう悩んでいる間にも時間は刻々と過ぎていき、入場の時になってしまった。

「ドレイト家ベルン様、マティス様、マリウス様、テルミス様。入場！」

大丈夫。

みんながいる。ここまで来たら落ち着くしかない。

大丈夫。大丈夫。

マリウス兄様はもちろん、アルフレッド兄様も、領主邸に滞在しているイヴリン姉様も出席なのだ。

味方はいっぱいいる。

入場すると去年と同じくドラステア男爵が一番に挨拶に来て、他の人もその列に並ぶはずだったのだが、今年は一人の男性が進み出てきた。もちろんドラステア男爵ではない。

誰だろう？

父様との会話を聞いていると、男性はタフェット伯爵と言うらしい。

マナーの授業で習った。確か……領地はないけれど、魔導具の生産のほとんどすべてを担う有力貴族だ。

そんな人がなぜ？　こんな田舎の慰労パーティに……？

父様とは一見和やかに話しているけれど、言葉の端々に棘を感じる。

一瞬目が合ったような気がした。

……何か嫌な感じだ。

一通り参加者すべてと挨拶を終えると、昨年同様自然と大人と子供に分かれていく。

「テルミスちゃん、今日は本当に素敵だわ！」と言うのはイヴリン姉様。

「ありがとうございます。お姉様もとっても素敵！」

イヴリン姉様は着飾らなくても美女なので、今日は輝きすぎて眩しい。

当然イヴリン姉様とお近づきになりたい男性の視線もバシバシなので、面倒で子供たちゾーンに来たらしい。

ちなみに私は、夜のように深い濃紺のAラインドレス。

腰から下はふわっと柔らかいシフォンの生地が何重にもなっていて、腰の切り返し部分には、銀糸をたっぷり使って刺繍されたリボンをまいている。

昨年の私は、ピンクのフリフリした可愛らしいドレスを着ていた。

あのドレスは可愛かったけれど、侮られやすかったと思う。

ソフィア夫人曰く、ドレスは戦闘服であり、なりたい私を演出するためのモノ。

今日のドレスは『知的な私』を目指して、作ってみた。

ライブラリアンという私の弱みを、知的というメリットに見せられたらなと思ったのだ。

早速イヴァン様とレイモンド様がやってくる。

マリウス兄様とは普通に話している。私には話しかけない。

話が終わり、去り際に「それでは、物騒な噂もありますのでテルミス様もお気をつけて」と言われた。

勘違いかもしれないが、その瞬間空気が凍った気がした。

まぁ……今年は何事もなく終わってよかった。


パーティが終われば、王都で冬の社交が始まる。

父様と母様はパーティの翌々日には王都へ旅立って行った。

もちろん大量のプリンを持って。

毎日遊びに来てくれたイヴリン姉様も、何やらギルドから緊急招集がかかったとかで出て行ってしまった。

はぁ……静かだ。

ちなみに護身術やマナー、ダンスのレッスンも年末だからお休み。

パーティの前は来客が多いので、部屋にいるようにと言われていたけれど、パーティも終わり、人も少ない今はどこでも行き放題。

と言っても、王都へ行く両親に護衛もたくさん割り振ってあるので、去年同様館の外へは行けないのだが。

久しぶりに庭でも行ってみようかな？　やっぱり寒いかな？

それでもずっと部屋に引きこもっていたから久しぶりに外に出たい！

その気持ちが勝り、庭へ。

わぁ！　すごい！

去年はイヴァン様の発言にダメージを受けて引きこもっていたから、冬の庭は初めてだ。

冬は花が少ない。だから庭を見ても楽しくないと思っていたのだが、これはこれで……素敵。

花も葉もついてない枝だけの低木が小道の両脇に並んでいるのだが、その枝が中心近くは鮮やかな黄色で先になるにつれ夕焼け色に輝いている。

なんて素敵なグラデーション。

その小道を通り抜け庭の奥へ通った時、なんだか呼ばれたような気がして、キョロキョロと辺りを見回すと柵の向こうにレアがいた。

会いに来てくれたんだ!!

ずっと館から出られなかった私は、孤児院に行きたくても行けず、孤児院のみんなからももうとっくに愛想がつかされているかと思っていたから本当に嬉しい！

「レア！　久しぶりね」

＊

気づいたら、暗闇の中にいた。ガタゴト揺れているので、きっと馬車に乗っているんだと思う。

え？　なんでこんな状況に？

さっきまで私は館にいて。えっと……庭を散策して……それから……あ、レア！

レアを見つけて話そうとしたのよ。

レアは大丈夫かしら？

いや、状況的に考えれば……。

一度も館に来たことがないレアがあの日たまたま……しかも正面玄関ではなく、庭の奥の柵の向こう側から呼びかけることなんてあるだろうか？

嘘……。

いや、わからないじゃないか。

ちょっと変だなとは思うけれど、偶然通りかかって、私の姿を見つけて、呼びかけたところで、二人揃って事件に巻き込まれた可能性だって……あるわけだし。

証拠が無いうちは、そう信じよう。うん。

そうじゃないと……うっ……。

涙が出そうになって、必死に抑える。

しかしわずかな音が聞こえたのか「起きたんじゃないか？」と周りが騒がしくなる。

しまった！　どうしよう！

えっと、こういう時は……状況を把握するのと、「助けて」って叫ぶのと、あとは……逃げる！

どう考えても非常時なのに少し落ち着いていられるのは、ゼポット様の護身術のおかげかもしれない。

「もうここまで来たら大丈夫だろ」

「ガキはすぐ死ぬ。死んだら困るからな。水だけはしっかり飲ませとけ！」

その時馬車が止まった。

麻袋も開かれる。視界が開けたそこには、ナイフ片手に屈強な男が３人。

でも……今しかない！

「助けて！　誰かー！　助けてー！」

荷馬車から飛び出る。

普段馬車から飛び降りるなんてしたことないから、着地で盛大に転ける。

それでもめげない。

「たすけ……」

え？　言葉が出なかった。

辺りを見回すと真っ暗な森の中。これは……ヤバい。

「お嬢ちゃん残念だったな。いくら叫んでも、ここじゃ誰も助けてなんかくれねーよ」

「どうした？　絶望で声も出せねぇか？」

男たちはゲラゲラと笑っている。

うん。これはやばい。

全く地理がわからないし、いま気づいたが寒い！

ちょっと庭に出るくらいだったので外套を羽織っているものの、冬の夜に耐えられるほどは着込んでいない。

幸いなのは、館で誘拐された直後に麻袋に入れられたらしく、いつも身につけている赤いポシェットなど身の回りの持ち物を取られていないことだ。

ポーチの中には食べ物もあるし、上からダークグリーンのローブを羽織れば、見つかりにくい。

それに……とにかく逃げる、逃げて、逃げて、逃げる。

何はともあれ逃げる。

諦めないで逃げなきゃダメなんだもんね。ゼポット様。

そう決めると私は夜の森に駆けて行った。


はぁっはぁっはぁっ。

森の中を走っている。

全速力で走っている。

対する男たちのうち一人は馬車に留まり、残り二人は私を狩猟中の兎か何かのように楽しげに追い詰めてくる。

どうせこんな子供が逃げ切れるわけがないとわかっているのだ。

わかっていて、面白い娯楽のようにゲラゲラ笑いながら、時折風魔法で転ばされ、時折水魔法で拳大の水球が飛んでくる。

もう3度転んだし、背中も左足も右頬も濡れている。

こんなの逃げ切れるわけがない。

そんな気持ちもじわじわ起きてくるが、それでもとにかく逃げる。

男たちがゼポット様より怖くないことだけが私の原動力だった。

ゼポット様より怖くないもの。

あんな男たちから逃げるなんてなんてことない。

大丈夫。

できる。

できるはずよ。

「おーい。そろそろ諦める気になったー？」

「そろそろこの遊びも飽きちゃったんだよなー。お腹も空いたし、手間かけさせないでくれる？」

はぁっ。はぁっ。

とにかく、とにかく走らなきゃ。

「もう面倒かけさせるなって言ってるだ、ろ」

次の瞬間男が隣に並ぶ。

捕まった！

「助けて！　助けてー！」

練習通り叫ぶが……やはりここは森の中。

誰も助けてくれる人はいない。

イライラしたのか男が摑んでいた腕ごと地面に叩きつける。

「助けてくれる奴なんていないって言ってんだろ！　うるせぇんだよ！」

「それ以上すると死ぬぞ」

「チッ！」
男は土の上で倒れている私の髪を掴み、顔を引き上げる。
寒い中ずっと走ってきた。
寒いし、疲れた。
もう限界かなぁ……。
走る練習はしたけどさ、そもそも子供の足じゃ無理だよ……。
「クソっ！　どこまで手間のかかるガキ……」
ドン！
急に何かが飛んできて男にぶつかる。
なんだろう？
男たちも想定外なのか焦っており、私も人質のように男の盾となる位置で立たされる。
暗くてよく見えない。
月に雲がかかったのだ。
ヒュン！
何かが飛んでくる。
ビュン！
私を掴んでいる風魔法使いの男が、風を起こし相殺する。
「そこか……」

水魔法使いの男が水を打ち、大量の水に何かが流されるように転がり出てくる。

ゲホッゲホッ。

「なんだ……子供か？」

「悪いが見ちまったんなら仕方ねぇな」

水球が放たれる。

危ないっ！

ゲホゲホとまだ苦しそうに座り込んでいる子供の横から何者かが子供を引っ張り避ける。

よかった。

「なんだ。まだいたの。1匹残らず……」

その時横から私を掴む風魔法の男に向かう何かが突っ込んできた。

速いっ！

だが男はスッと避け、突っ込んできた何かを掴んだ。

「ネイト！」

雲の切れ目から月夜がネイトを照らす。

男が掴んでいたのはネイトの足だった。

横から蹴りを入れたらしい。

「クソッ！」

「なんだお嬢様のお友達？　じゃあいい金に……ん？　それにしては薄汚れてんなぁ！」

足を掴まれたネイトは逆さ吊りにされている。

ネイトがいるってことは、きっと他も孤児院の子たちだ。

愛想尽かされたと思っていたのに……。

「やめて！　あんたたちの目的は私でしょ？　もう捕まっているからいいじゃない！」

その時ネイトがもう一方の足で男を蹴る。

わずかに顔に当たったようで、男の顔が怒気を帯びる。

「クソガキが！」

掴んでいた足を振り回し、投げ飛ばす。

「お嬢様のナイト気取りか？　調子に乗るんじゃねぇよ。お前らみたいなガキが何人いたところでかわらねぇーよ！」

そう言って倒れたネイトに近づいていく。

まだネイトは起き上がれない。

ネイト！

ポシェットから魔法陣を取り出す。

今助けるから！

バシャっ！

「何するつもり？　その紙で何かしようと思ったみたいだけど、もうきっと使い物にならないね」

一瞬で私の持っていた魔法陣の紙は、高圧の水で破れ、溶け、ビリビリになっていた。

そ……んな……。

「とにかく大人しくしてくれないと困るんだよね」

そう言うと私の周りには水の壁が展開された。

囲まれた!!

出ようとしても、水流に押し流されて中に戻ってきてしまう。

ネイトはまだ動かない。

「ネイト！　ネイト！　早く立って！　逃げて！　早く！　立って――――！」

誰か！　お願い!!　ネイトを助けて……。

「はぁぁぁぁぁぁぁぁ！」

誰かが木陰から太い木の枝を持って男に飛び掛かる。

男はまたその木を避け、蹴り飛ばす。

ルーク！

その後も次々と子供たちが男に向かって行くが悉《ことごと》く返り討ちにされている。

次から次に挑まれて男のイライラは募っているようだ。

ダメ。このままだとみんなが死んじゃう！

「い、ま……助ける……からな。みんな！　死んでも！　諦めるな！　お嬢を助けるぞ！」

「はぁ？　なにイキがってんだよ！　お前らなんてな！　指一本傷つけられないだろうが！　それで何を守るってんだ！　え？　さっさと死ねよ」

キラリ光るものが見えた。

殺される!!

「お願い！　逃げて！　もういいから！　もういいから！　逃げて！　お願い！　はやく！」

なんでよ。なんで逃げないのよ……。

これじゃみんな……死んじゃうじゃない。

男がナイフを振り上げる。

近くの一人が妨害する。

その一瞬の隙で狙われた子は避け、さらに他の子が攻撃を仕掛ける。

もちろん手練れの男には当たらない。

しかし人数の多い子供たちにも当たらない。

男は当たらないことに、かなりイラついている。

それを何回か繰り返した時ぽつりと聞こえた。

「遅い」

私を捕まえていた男から水が鋭く飛び出す。

しまった！　ずっと攻撃しないからこっちはノーマークだった。

「ル――――ク！」

ルークが振り向く。

驚愕。

わずかに体を捻るが……間に合わない！
グハァッ!!
「「「ルーク！」」」
また雲がかかったせいでよく見えない。
どうなったの？
はあっはぁっ。ガサ。ドス。ドカ。ゴフォッ。グッ。
何が起こっているの？
怖い。
お願い。みんな無事でいて……。
再び月明かりがのぞいた。
……あ、あ……。
そこには死屍累々の子供たちとネイトを踏みつけた男の姿があった。
あぁぁぁぁぁぁぁ！
ネイト……？　ルーク……？
なんで？
なんでこんなことになった？
なんで？
なんで？

なんで？

ゆるせない。

私に力があったなら……あいつらなんて……許さない！

許さない！

何したっていうのよ！

悪いのはあいつらじゃない！

「こいつらも売るか？　一応まだとどめは刺してないが」

生きてる！　まだ……生きてる！

「いや、必要ない。こいつは孤児院に通っていただろう。多分そいつらは孤児だ。金にはならん。捨てておけ。あ、ちゃんととどめは刺せよ」

は？　何を言っているの？

みんなは私の友達で……。

ライブラリアンだからって蔑まないできた子たちなのよ。

野菜も作るのが上手で……。

小さい子には優しくて……。

料理も作れるし、文字の読み書きもあっという間にできるようになった才能溢れる子たちなのよ
……。

少なくとも……少なくともあんたたちに蔑まれる謂れはないわ！

「なんだ。そうか。お嬢様のお友達が孤児とはな！　はっはっは。じゃ処分……」

「うるさい……うるさい！　うるさい！」

私は男たちを力いっぱい摑む。

「地《テイエラ》」

「なにっ!?」

男が巨大な土の手に囚われたことで水の壁が解けると、一目散にみんなに駆け寄る。

さっきまで怒りでいっぱいだったはずなのに、今はどこか凪いでいる。

さっき怒っていたのは誰に対してだったのだろうか……。

こんな仕打ちをした男たちか？

いや違う……みんながやられていくのをただ見るだけしかできなかった無力な……役立たずな自分に対してだ。

でも……生きている。

みんなボロボロだけど生きている。

なら今度こそ……守る！

ごめんね……私が助けを求めたから。

ごめんね……助けられなくて。

ごめんね……無能で。

遅くなっちゃったけど、今助けるから。

今度は私が守るからね。

「天に御座す四柱の神々よ。願わくは命の泉に力を。願わくは友の身を切る数多《あまた》の傷を治し給へ。力を友へ！」

このところずっと引きこもって勉強してきたのが聖魔法の魔法陣でよかった。

スラスラと古代語で命の呪文が紡がれ、魔力がどんどん吸い出されていくのを感じる。

いつもは蓋をしている魔力も、上手くコントロールできなくてちょろちょろと漏れているが仕方ない。

月に雲がかかる。

本当に今日は雲の多いこと。

こんな闇夜では何も見えない。

目を閉じ、魔力に集中する。

あぁ、なんで私はこんなことも思いつかなかったのだろう。

魔力感知すればみんなの動きも、男たちの動きもわかってフォローできたかもしれないのに。

よかった。

本当にみんな生きている！

わずかだけど、魔力を感じる……少しずつ回復している！

よかった！

「調子に乗りやがって！」

「風《ヴィエント》」

男から強い風の塊が飛んでくるので、風魔法で相殺する。

私たちを守る盾のように捕らえた男たちと私たちの間に風の壁を作った。

これでこっちに集中できる。

みんな回復しているけど、ルークが……ルークの回復が間に合ってない。

傷が深くて命の呪文による回復を上回るくらいのスピードで血が失われているのだ。

どうすれば……血は止まるの？

「ルーク！　待っていて。今助けるから……頑張って」

手を傷口に持っていき、止血を試みる。

8歳の小さな手では防ぎきれない。

けれど少しは効果があるようだ。

あ、魔力で補えば？

手からルークの体の表面に、傷を覆い隠すように魔力を這わせピッタリと蓋をする。

流石に遠隔ではできないのでずっと傷口に手を当てていなければならないが、ようやくルークの魔力が回復し出した。

よかった。

治れ！　がんばれ！　治れ！　治れ！

森がざわめく。

何か……来る！　はやい！

その瞬間、いつの間にかネイトが私たちの前に現れ、一瞬で殴り飛ばされて行った。

「ネイトー！」

クッ……また守れなかった。

「よそ見していていいのか？」

いつの間にか後ろに手を捻られ、顔が土についていた。

目の前には馬車に残っていたはずの男。

今の速さを見る限り、彼のスキルは身体強化。

魔法を繰り出しても私の魔法なんて避けられる。

それに……すでに男たちを捕まえる土の手、攻撃を跳ね返す風の壁、ルークの治療と三つも同時進行で魔法を使っているのだ。

次は魔法を放っても他の魔法が解除される気がする。

それは……マズイ。

「何をしている？　魔法はもう終わりか？」

私は答えない。

男は私の隣に横たわるルークに足を置く。

何してんの？

やめてよ……これ以上したら死んじゃうじゃない。

やめて。

やめて。

やめて。

「その足……どけなさいよ」

鳥が飛び立ち、獣は逃げる。

木々が揺れ……森がざわめく。

男は目を見開き、私を掴む手が緩んだ。

すかさず男の手を振り解き、ルークに近寄る。

「ごめん。今、助けるから」

ネイトの魔力反応も小さいがちゃんとある。

早く帰らなきゃ、みんな助からない……。

「天に御座す四柱の神々よ。願わくは命の泉に力を。願わくは友の身を切る数多の傷を治し給へ
御力を友へ！」

お願い！　助かって！

「な、なに……何してんだぁぁぁぁ！」

拳を振り上げる男を無視して魔力を送り続ける。

シュッ。

背後で風が切り裂く音が聞こえた。何かが倒れる音も。

生暖かい何かが飛んできて、頬や首筋にへばりつく。未だ男の拳は届かない。

何があったのか、どうなったのか……振り向く勇気がなく、ひたすらルークに魔力を送り続ける。

静寂が場を支配する。

誰かが肩に触れた。

「テルミスちゃん大丈夫？　よくがんばったわね。もう休んで。この子たちには私が回復かけるから」

その聞き慣れた声にやっと振り向けば、イヴリン姉様とアルフレッド兄様が心配そうに見ていた。

遠くではゼポット様が土の手に囚われている男たちを物理的に捕縛している。

「テルミス……遅くなってすまなかった。もう大丈夫だ」

よかった。助かった……。

そう思った瞬間意識を手放した。

閑話✴妹

妹ができた！

その日は忘れようもなかった。

「ここに貴方の弟か妹がいるのよ。仲良くしてね」

そう言って母様はお腹をさすった。

３歳の僕にはお腹の中に弟か妹がいるというのは、あんまりよくわからなかったけど、母様に促されてお腹に手を当てて「こんにちは」と話しかけると、ポコっと動いた。

「わわっ！　動いた！」

「マリウス兄様こんにちはって赤ちゃんも言っているのかもね」

それから僕はたくさん赤ちゃんに話しかけた。

男の子か女の子かわからないから、赤ちゃんにまだ名前はない。

でも正直名前がないのは不便だ。

ポコポコ動くからポコちゃんと呼ぶ。

「ポコちゃん、僕ひらがな読めるようになったんだ。早く出ておいでよ。絵本を読んであげるよ」

ポコ。

「ポコちゃんは男の子かな？　女の子かな？　男の子だったらいいなー。一緒に騎士ごっこできるのに。あ、女の子でもいいよ。僕が守ってあげるからね！」

ポコポコ。

「ポコちゃんはのんびり屋だなー。先生がもう産まれていいよって言っていたぞ！　早く会いたいなぁ」

……ポコ。

そうやってたくさん話しかけて、ようやくその日がやってきた。

朝起きるとなんだか館が騒がしくて、赤ちゃんだってすぐわかった。

早く見に行きたくて母様の部屋に行くと、優しい母様とは思えない声を出していて部屋の前でピタリと足が止まった。

「マリウス坊ちゃま！」

部屋を横切ったメリンダの話によると、母様は夜中からずっとお腹が痛いそうだ。

「お母様……死んじゃうの？　赤ちゃんも？」

「大丈夫ですよ。今は赤ちゃんが旦那様や奥様、坊ちゃまに会いたくて頑張っている時ですからね。奥様も赤ちゃんに会いたくて頑張っておられます。私たちもここから応援しましょうね」

赤ちゃんが産まれたのは昼前だった。

僕は気の遠くなるような時間を過ごしたと思っていたのだけど、お医者様が早く生まれたと言っていた。

赤ちゃんを産むのって大変なんだな。

ようやく許されて赤ちゃんに会ったのは、お昼ご飯を食べた後だった。

初めて会った赤ちゃんは、赤くて、小さくて、ふにゃふにゃで、ぎゅっとしたら潰れてしまいそうだった。

可愛い。僕の妹。

僕が守ってあげるね！

それからしばらくしてアルフレッドが遊びにくるようになった。

今まで子供と遊んだことがなかったから、どう接したらいいかわからなかったけど、テルミスは挨拶にきたアルフレッドの袖を摑んで、「あーうー」と話していた。

何がきっかけか忘れてしまったが、テルミスのおかげでアルフレッドと仲良くなったのは間違いない。

テルミスが泣くたびに二人でオロオロし、寝返りが打てるようになったら大喜びした。

二人で絵本も読んでやったし、抱っこしていいと許可が出た時はたくさん抱っこした。

あっという間にテルミスはハイハイできるようになり、歩けるようになり、「にーしゃま」と話せるようにもなった。

絵本を読んであげるともう1回、もう1回と何度も何度もせがむようになったのは2歳の頃だったか。

テルミスが3歳の頃になると、アルフレッドは騎士の訓練生として訓練に行くようになったので、二人っきりになった。

僕はお兄ちゃんだから、まだ何も知らないテルミスにいろいろ教えてあげた。

文字もそうだ。

僕はスキル判定で火だったから、魔法で火を見せたこともある。

館の中でやるなと大人には怒られたけれど、テルミスは「すごい、すごい！　お兄様すごーい」と大喜びしていた。

真似しようとしていたけど、もちろん3歳のテルミスにはできない。

「なんで私はできないの？」と言う妹に、「6歳になったらできるようになるよ！」と気軽に言った。


テルミスは6歳になった。

「お兄様！　これ読んで！」とテルミスが走ってくる。

「こらこらテルミス。走っては危ないよ。どれどれ。何の本かな？」

……？　いつものように読んであげようとして止まる。

ん？　なんだろう？

なにも……書いてない？

あ、今日はテルミスのスキル鑑定の日だった。

ということは……。

「テルミス。これはテルミスのスキルかな?」

「そうなの!　ライブラリアンっていうんだって」

目の前が暗くなった。

火魔法じゃ……なかったのか。

ライブラリアンの評価はみんな知っている。

家庭教師も言っていた。

一番役に立たないスキルで無能だと。

本ばかり読んで堕落した生活を送る事になるからだって。

テルミスがそれだったなんて。

「そうか。テルミスはライブラリアンだったんだね。ここには何か書いてあるのかな?　スキルで出した本はね……本人しか読めないんだ。だから、僕は読んであげられない。ごめんね」

ショックを受けながら平静を取り繕って答える。

僕は次期領主だ。

けれどテルミスは?

約束された地位があるわけではない。

最低スキルでどうなるんだろう?

「テルミスはもう文字を覚えたよね。自分で頑張って読んでいると今はゆっくりでも段々スムーズに読めるようになるから、今回は自分で頑張って読んでごらん」

その日はそう言って妹と別れた。

それから三日テルミスは、部屋に閉じこもって本ばかり読んでいるようだった。

やっぱり……ライブラリアンになったら堕落してしまうのか？

そう残念に思っていた頃、テルミスが階段から落ちた。

落ちた原因は夜遅くまで本を読んでいた事による疲労と睡眠不足だったらしく、母様からしっかり怒られ、父様からはライブラリアンの現実を話されたらしい。

それが効いたのかテルミスはその後、人が変わったようだった。

いつか平民になるかもしれないからと、朝は掃除から1日が始まり、四則演算や本の音読を始めた。

僕の部屋とテルミスの部屋は近いから、天気がいい日は窓が開け放され、風に乗ってテルミスの音読の声が聞こえてくる。

どんどん上手に読めるようになったし、大冒険家ゴラーの話を音読し出した時は、僕もこっそり楽しみにしていた位だ。

テルミスは孤児院にも行き始めた。

最初は母様に連れられて行ったようだが、それからは自発的に予定を組んで行っているらしい。

あちらでは絵本を読んであげたり、文字を教えたり、畑を作ったりしているという。

その頃から僕は疑問を抱いた。

テルミスが階段から落ちたのは、確かに本ばかり読んでいたからだ。

ライブラリアンだからやっぱり堕落するのか？　と思ったが、テルミスはまだ6歳になったばかりだったのだ。

僕が6歳の頃はどうだった？

確かに1日1時間は勉強の時間があったし、剣術の時間もあった。

けれどそれは僕が次期領主だからで、自発的にスケジュールを組んでいたわけでもなく、家庭教師が来るから勉強していたようなものだ。

それにそれ以外の時間はずっとテルミスと遊んでいたじゃないか。

テルミスは一緒に遊ぶ年の近い友達もおらず、次期領主ではないから家庭教師もつかなかった。

だから遊んでいたのだ。

何も強制されなかったら遊ぶのが普通の6歳じゃないか？

テルミスにとっては遊びが本だっただけだ。

そしてライブラリアンがどういう目で見られているかわかってからというもの自分で予定を組んで勉強し、平民になっても困らないようにし、孤児院では孤児たちに字を教えている。

どこが堕落した役立たずなんだ？

テルミスは階段から落ちて以来ずっと頑張っているらしい……。

らしい……というのは、僕も10歳になり2年後に学校に通うため座学の勉強、魔法や剣術の訓練がさらにハードモードになり、忙しくてあまりテルミスと話す時間がないからだ。

それでも頑張っているのは知っている。

だがそれを知っているのは家族と使用人だけだ。

年末には慰労パーティがある。

テルミスはもう6歳だから社交も解禁だ。

ライブラリアンだからと心無い言葉を向けられるのだろうか……？

父様や母様の前ではないだろうから、気をつけなければならないのは子供だけになった時か？

パーティの時はずっとテルミスの隣にいよう。

何か言う奴がいたら、僕が守ってやらないと。


パーティの日になった。

ドレスを着たテルミスは何となく不安そうだった。

それでも挨拶を問題なくこなしていく。

そして危惧していた子供と大人が分かれて社交する時間になった。

僕はずっとテルミスの隣にいて、絶対テルミスの味方だと確信しているアルフレッドに声をかけた。

やはりアルフレッドはテルミスの味方だった。

テルミスがライブラリアンと明かしても、嫌な顔することなく話している。

よかった……そう思った時奴が来た。

「ライブラリアンとは珍しい。あまり聞かないスキル名ですが、どのような役に立つので？」

明らかに馬鹿にしている。

イヴァンだ。

くそっ！　八つも下の子供に嫌みなんて言うか？　普通？

すかさず僕もアルフレッドも臨戦態勢に入る。

だが、テルミスはそれを制した。

「本とはすなわち英知の結晶。役立て方は無数にもございましょう。貴方が貴方のできることをするように、私は私の、ライブラリアンの私にできることをするのみですわ」

「なんとご立派なお言葉でしょう。期待していますよ」

奴はその一言だけ残して逃げて行った。

テルミスは強いな。

「テルミス大丈夫か？　八つも下の女の子に向ける言葉とは思えないな。あんなのは、気にしなくていいからね」

「大丈夫です。マリウス兄様。今この国であまり重視されてないスキルであることは事実ですもの」

大丈夫なのか？

普通八つも年上に絡まれたら怖がらないか？

テルミスを守る！　なんて息巻いていたけど、この感じだと僕は要らなかったな……。

パーティが終わると父様、母様はすぐに王都へ出発された。

僕は久しぶりに会ったアルフレッドと訓練漬けだ。

訓練が終わって館に帰ると、シーンと静まり返っている。

出迎えろと言うわけではないけれど……なんだか静かすぎないか？

湯浴みをして、ダイニングに向かおうとすると部屋での食事を勧められる。

テルミスは部屋で食べるそうだ。

確かに、一人っきりでダイニングで食べるよりは部屋で食べた方がいいな。

その日は深く考えず、部屋で食事をした。

しかし、翌日もその翌日もテルミスは部屋で食事をする。

そこでようやく変だと気がつき、メリンダを呼ぶことに思い至る。

聞けばパーティの日から塞ぎ込んでいるらしい。

ずっと本ばかり読んで、勉強などのいろんな活動をしなくなったのだとか。

もしかして……イヴァンから言われた嫌みのせいか？

だが、テルミスはあの時大丈夫と言っていなかったか？

毅然と対応していただろう！

「お嬢様は初めての社交でしたし、まだ6歳ですからね。いろいろ心の整理がついてないのではないでしょうか」

確かに。

最近頑張っているテルミスはすっかりしっかりしてきたし、あの時も自分で対処していたから、勝手に大丈夫だと思っていた。

何もできなかった自分の不甲斐なさもあって、「テルミスは強いからな」などと決めつけていた。

僕が守らなきゃダメだったのに。

翌日少しテルミスと話をして、食事は一緒に取るようになった。

なんとなく大丈夫なフリをしているが、覇気がない。

そして食事以外の時間はやはりベッドの上で本を読んでいるだけらしい。

どうにも自分だけで元気づけることが無理そうだと思った僕は年明けアルフレッドに相談してみた。

アルフレッドもびっくりしていたが、気分転換に遠乗りに行こうと言ってくれた。

なかなかいい案かもしれない。

その日は急いで館に戻ると、館の中で声がした。

ここのところ毎日静まり返っていた館が。

「ムカつきますね……」

「「お嬢様!?」」

え？　テルミス??

「サリー様一緒に頑張りましょう！　ムカつく理不尽を打ち倒してやるのです。私のパティシエになってください！」

あれ？　パティシエが何かはわからないが……。

これは元気になっていないか？

「お菓子作り専門の料理人のことですわ！　うんとおいしいお菓子のお店を作りましょう！　女性だからなんなのです！　女性でもできるってこと見せてやりましょう！」

あ、これは完全に元気になったな。

それにしても、店？

まだ6歳だろう？　店なんて……できるのか!?

ノックして扉を開く。

「テルミス。元気になったんだね。部屋から出てこないから心配したよ」

あぁ。よかった。

部屋から出ているし、元気な顔だ。

元気ならいいかとアルフレッドと退散しようと思った時、テーブルの上にある珍しい菓子に気がついた。

なんだあれ？

これでお店を作るつもりか？

見たこともない菓子はプリンというらしい。

その後テルミスが差し入れしてくれたが、これがかなりうまい。

これなら大繁盛間違いなしだ。

すごいなテルミス！　と思いながら……チクリと胸が痛んだ気がした。

とりあえず少し前に法律の勉強した時に知った後見人制度のことをテルミスに教えておいた。

テルミスは考えてなかったようで、「マリウス兄様、教えてくれてありがとう！」とキラキラした目で言ってくる。

何かわからないがまたチクリと胸が痛む。


それが劣等感だと気づいたのは、すぐ後のことだ。

学校の開始に伴いアルフレッドが王都へ帰ったので、少し時間が空き、テルミスをお茶に誘った。

テルミスは喜んで応じてくれた。

いろいろと話しているうちにテルミスから王都へ行ったことがあるかと聞かれた。

何故かと問えば、驚きの答えが返ってきた。

「違うのです。いや、違わないか。お父様、お母様にお菓子屋さんの後見人になっていただくにあたり、販売計画をまとめたいと思っているのです。貴族向けに王都で売りたいのですが、家賃がいくらなのかも、どれくらいの価格で売るのが妥当なのかも何もかもわからなくて」

確かに僕は父様か母様に後見人になってもらわないと開店できないと教えた。

けれど僕は普通に父様と母様のところに行って、お願いすることしか考えていなかったんだ。

どうやって売り込むとか、どのくらいの値段で売るかとか、そんなことは全く頭になかった。

ましてや後見人を頼む段階で必要だなんて思いもしなかった。

親に頼むのに販売計画が必要なんて思いもしなかったのだ。

でも考えてみれば、何もないところからお金が出るわけでも、無限に使えるお金があるわけでもない。

我が家はしがない男爵家。

収入は領民からもらった血税だ。

大事に使わなければならない。

領地経営の勉強の時に、領民から税をもらって、それをどのように振り分けるのかなど学んだ。

あんまり余裕がないなと思っただけだった。

余裕がない我が家に将来性のない事業の投資なんてできるわけがない。

そんなことを頭ではわかっていながら、自分のことは別枠で考えていたのだ。

自分やテルミスが使う分には、領民のお金というより親からもらうお金という意識があったのかもしれない。

それも元を辿れば、領民からの血税だというのに。

テルミスは僕のことをすごい、すごいと褒める。

後見人制度なんて知っていてすごい！　私もちゃんと考えないと！　と言う。

でも。僕には家庭教師がついている。それも何人も。

テルミスには誰一人ついてないだろう？

それなのにテルミスは領にお金をもたらすであろう商品を開発し、その販売方針を考えている。後見人を親に頼むだけでも、どうやったら相手にメリットがあるとわかってもらえるか考え、説明の準備をしている。

テルミスは女で、ライブラリアンだ。

ライブラリアンの評価はどん底で、女性の領主はできなくはないが、今は一人もいない。

だからテルミスは領主にはなれない。

けれど、テルミスが仮に男でライブラリアンじゃなかったら？

立派な領主になるんだろうな……僕よりもずっと……。

僕はただ早く生まれた男だから次期領主なだけだ……。


テルミスがすごい。

自分で計画を立て勉学に励み、商売に着手し、孤児院の子に本を読んであげたり字を教えてあげたりする。

領主としてしっかり家庭教師がついている僕よりいろいろよく考えているし、３歳差なんてすぐにひっくり返してしまうんだろう。

そんな僕の焦りはすぐに吹き飛んだ。

きっかけは年明け学校が始まるために王都へ戻ったアルフレッドからの１通の手紙だった。

まだ王都へ行って２ヶ月だ。

普段は手紙を送ってくることもない。珍しい。

手紙を読む。

頭が真っ白になった。


『マリウス。

大変なことが起きた。

1週間前、一人の男が行方不明になった。

商業ギルドの職員で、食品の鑑定をしている男だ。

もちろんスキルは〈鑑定〉だ。

未だ見つかっていない。

そして三日前、貴族の館で働く庭師が攫われた。

その貴族ってのは俺の学友なんだが、長年働く家族同然の使用人だったらしく、力を尽くして探している。

が、未だ見つからない。

連れ去った男たちは覆面をしていて、誰かわからなかったらしいが、庭の近くにいた俺の友達が「恨むんなら、その無能なスキルを恨むんだな」という言葉を聞いている。

ちなみに大衆食堂で飯を食っていると、いろいろ噂話が聞けるんだが、パン屋の息子、孤児院の子供、薬師の女も行方不明らしい。

噂の裏どりはしてある。

みんな本当に行方不明だ。

そしてみんなスキルが五大魔法ではないものばかりだ。

まだ正式発表はないがスキル狩りではないかと言う者もいる。

テルミスの周囲に変わりはないか？

王都から山一つ挟んでいるとはいえ、ドレイト領は王都に近い。

なるべく周りを固めておいた方がいい。

すぐ男爵に相談を。

また何かあったら教えるし、今年は俺もなるべく帰るようにするから、いない時は頼むぞ』

は？

スキル狩り？

なんだそれ？

は？

テルミスは……今どこだ？

あぁ孤児院か。

大丈夫なのか？

護衛が付いていくとはいえ、孤児院の方が館よりセキュリティは低い。

攫われないか？

くそっ！　とにかく父様に相談だ！

父様の執務室へ急ぐ。

途中孤児院から戻ってきたテルミスと会う。

よかった。無事だ。

そんな僕の気持ちなんてお構いなしに、テルミスは孤児院でのことを話してくる。

こう話していると、無邪気な子供だな。

……何を焦っていたんだ。

どんなスキルを持っていようと、どんなに才能豊かであろうと、テルミスはテルミスで、僕の妹で、だから……大好きで、守るべき大事な妹なんだ。

テルミスの方が優秀だと落ち込むくらいなら、テルミスに負けないくらい実力をつければいい話だ。

テルミスが苦手な部分をカバーすればいい話だ。

テルミスが困っている時に助けられればいい話じゃないか！

父様に相談してから、テルミスに家庭教師が３人ついた。

護身術はわかるんだけど……マナーとダンスは関係あるのか？

そう思ったのだが、社会的地位が高くなれば、人の目も増え、攫うハードルが高くなるんだとか。

テルミスは幸い？　プリンのお店を貴族向けに展開するようだから、ゆくゆくは顔をいろんなところで売って、社会的地位を高めて、攫われにくい状況にしたいのだとか。

確かに。貴族でも平民でも関係なく、スキルで攫っているなら、平民の方が圧倒的に攫いやすい。

でも、やっぱり一番優先順位が高いのは……早く身につけて欲しいのは、護身術だな。

気になった僕は護身術初日、テルミスの様子を見に行った。

「護身術の訓練はどうだった？」と聞くと、びくりと肩を震わせた。

怖かったのだろう。

今こんな状況でなければ、テルミスはまだただ守られていればいい存在で、怖い思いしながら護身術を学ばなくてもいいのに……。

背中を撫でながら、頑張ったなと言ってあげることしかできない。

代われるなら代わってやりたい。

小さい肩を見てそう思った。

僕はどうやったらテルミスを守れるだろうか……？


あれから僕は忙しい合間を縫って自主的に魔法と剣の訓練に明け暮れた。

テルミスは孤児院にいる以外は館にいる。

だから何かあった時に守れるように……と。

孤児院でやるというきのこパーティにも無理矢理スケジュールを詰めて顔を出した。

テルミスを守りたいという思いもあったけど、攫われるのでは？　と思うとなるべく一緒にいたかったのだ。

パーティで作ったパングラタンはとても美味しかった。

館でも食べたいと思うほどに。

食事も終わり各々遊び始めた頃、木の棒を振り回して遊んでいた子たちからテルミスがいる方向に木が飛んでいった。

危ないっ！

咄嗟に僕は木を燃やした。

しかし燃やす直前何かがテルミスを抱えて避けた。

速いっ！

身体強化で速く動けるのはわかるが、それにしても反応スピードがいい。

木の棒で遊んでいた子たちに軽く剣の稽古をつけると、悪くない。

みんなのびのび遊び回って、走り回っていたから運動神経が良いようだ。

チラリとテルミスたちの方を窺うと、何やら騎士の誓いのようなことをやっていた。

ここにもテルミスを守ってくれる人がいそうだな。

同行した護衛に孤児院の子も遊びの延長で鍛えるように頼んでおく。

守れる人は……少しでも足止めできる人が一人でも多い方がいいもんな。


テルミスの冒険者登録にもついていった。

テルミスには話していないが、母様がテルミスに渡した空間魔法付きのバッグも冒険者登録もいよいよ危なくなったらテルミスを他国に逃すためだ。

冒険者登録に行く日は、アルフレッドが近々帰ってくるというのでその日に合わせた。

王都では五大魔法ではない者が他国に逃げようと冒険者登録するケースが増えているらしい。

そこで登録前に魔法を見せろと言われるパターンを想定して、行く前にテルミスに魔法を見せてもらった。

テルミスは難なく土の壁を作り、さらにそれに水で穴を空けた。

……予想以上だ。

やっぱりテルミスはすごい。

僕だって火ならテルミス以上に使える自信があるが、テルミスは魔法陣を使うとはいえ、いろいろなスキルの魔法が使えるのだ。

それに、土の壁も水もまぁまぁ魔力を使うであろう規模なのにケロッとしている。

魔力は多いのか？　去年は魔力切れで何度か倒れそうになっていたと思ったが……。

テルミスの魔法にはアルフレッドもびっくりしていたな。

結果から言うと冒険者登録は何も問題なかった。

途中冒険者に絡まれてキャタピスと戦う羽目になったが、一撃で倒してしまった。

学校に通っていない僕はまだ家庭教師と魔法や剣術を特訓するだけで、生きた魔物と戦ったことはない。

僕も倒せるのだろうか？　テルミスを守るなら、もっと強くならないと。

それにしてもテルミスは強い……な。

ん？　なんだかこの状況いつかに似ているな。

あぁ。去年の慰労パーティの日だ。

イヴァンからの嫌みを華麗に撃退して、強いな、守らなくても大丈夫だったなって思ったんだ。

でもあの時テルミスは何日も塞ぎ込んでいた。

……自分の中に溜め込むんだよな……。

もう夜遅いから、明日様子見に行くか。

そう思ったら、夜中に叫び声が聞こえた。

急いでテルミスの部屋に行くと、悪夢にうなされていた。

曰く超巨大なキャタピスに追いかけられる夢だったらしい。

ほら。やっぱりなんてことない顔しておきながら、しっかりダメージを食らっているんだ。

強くなんてない。

歯を食いしばって頑張っているだけで本当はすっごく弱いんだ。

うちの妹は。

冒険者登録の日からテルミスは外へ出られなくなった。

王都から帰ってきたアルフレッドの情報によると王都ではさらに11人行方不明者が出ていて、ドレイト領と王都の間にある領でもついに一人目の行方不明者が出たそうだ。

山一つ挟むとはいえ、隣の領に行方不明者が出たのは衝撃で、危険レベルがまた一つ上がった気がした。

その報告を重く見た父様が外出禁止を決めたのだ。

とはいえまだ7歳のテルミスにはスキル狩りのことを話していない。

だからあの手この手で館に引き留めている。

その引き留め作戦の一つには、アルフレッドと僕と3人で魔法の訓練をすることもあった。

魔法陣を用いる魔法の使い方も教えてもらったが、なかなか難しい。

こんなの独学で学んでいたのか。

有名な冒険者のイヴリンが我が家に来たのは、偶然だったがいいタイミングだった。

父様は事情を説明し、しばらく滞在してもらえるよう頼んだようだ。

エルフの彼女にとって1年などすぐのようで、二つ返事で了承してくれた。

あっという間に冬になり社交シーズンになった。

人の出入りが増えて、不審者が紛れるといけないのでテルミスは自室待機だ。

イヴリンが護衛がてらテルミスの部屋に日参している。

最終日のパーティは逆に、皆パーティホールにいるので部屋は人の目がなさすぎるし、パーティの方に護衛が割かれるので、部屋にいた方が危ない。

パーティ中は僕もアルフレッドもイヴリンもそれとなく警戒していたが何事もなく終わった。

それでちょっと気が緩んでいたのかもしれない。

父様と母様が王都へ向けて出発し、イヴリンが何やら緊急事態で呼び出された。

護衛はいつもより少ないが、館内なら自由に動き回って良いことにした。

領内の冬の社交も終わり、テルミスを自室待機にする理由がなくなったし、ずっと引きこもっていたから庭くらい行かしてあげたかった。

それが間違いだった。

庭へ行ってしばらくして、テルミスが行方不明だと聞いた。

護衛も共に行ったはずだが……なぜだ。

なぜ行方不明に？　ついて行った護衛は誰だ？

くそっ！

「とにかくイヴリンとアルフレッド、父様たちにも早馬で連絡を！　あと念のため孤児院にも。万が一自分でどこかに行ったとしたら孤児院だろうから。各門の門番にも出て行く馬車のチェックを強化するよう言ってくれ！　その他のものは町に出て捜索だ！」

イヴリンとアルフレッドは館に飛んで帰ってきた。

イヴリンの緊急招集は他の冒険者でも対応可能な案件だったため蹴ってきたらしい。

「あれくらいの魔物で呼び出すなんて……テルミスちゃんを攫った犯人のせいかしら？」とドス黒い空気を出しながら言っていたが、魔物の情報を知らせたのは、町の平民だった。

その男も徹底的に洗ったが何も出てこなかった。

ただタイミングが重なっただけか。


孤児院にもテルミスはおらず、攫われた可能性がグッと高くなる。

一つ不可解なのは時を同じくして孤児院の職員レアもいなくなっていることだ。

テルミスが消えてから、孤児院に行ってみると孤児院の子たちはレアの捜索でおらず、ひっそりしていたものだ。

なにか関係があるのだろうか？　何も手掛かりがない中時間だけが過ぎていく。

夕闇が町を覆い辺りが暗くなった。

冬は暗くなるのも早い。

まだ5時なのに、外は真っ暗だ。

テルミス……どこにいる……。

その時、窓の外で男の子が走り込んでくるのが見えた。

もちろん護衛に止められている。

「おい！　待て！　坊主！」

「構わん！　通せ！」

窓から声を張り上げる。

あの子は孤児院で見たことがある。

「はぁっはぁっ。マリウス様。テルミス様は？　ここにいる？」

「どういうことだ？」

子供たちはレアの捜索で孤児院を空けていたから、テルミスの行方不明を知らないはずだ。

「実は今朝からレア姉ちゃんがいなくて、俺ら町の中を探していたんだ。ずっと探していたけど、見つからなくて。町の端まで行ったら、ネイトがテルミス様の声が聞こえる。助けてって聞こえるって言い始めたんだ。聞き違いかもしれないけれど気になって」

ネイト……あぁ、きのこパーティの時にテルミスを守っていた子か。

彼は身体強化だから集中したら遠くの声まで拾える。

いなくなったレアの声が聞こえないかと耳を澄ませていたらテルミスの声が聞こえたそうだ。

「それで今ネイトは？　テルミスの行方を探しているんだ」

「っ！　じゃあ本当に……俺は連絡役でこっちに来ただけで他の奴らはみんな声の方に行った。東門出たところにある森の方に向かったけれど、正確な位置はわからない」

「森だ！　すぐ出発の準備を！　助かった。教えに来てくれてありがとう」

森へはイヴリンとアルフレッド、それからゼポットが騎士を連れて行った。

僕も行きたかったが、強くなったとはいえまだまだな上、未成年で、さらに次期領主だ。

領主である父様は王都へ向かったため不在で……まぁそれゆえ名ばかり責任者として残らされたのである。

ここからでも何かできることはないかと森の方に向かって魔力感知を展開してみる。

もちろんまだ教わったばかりの魔力感知で館から遠い森の気配などわかるはずないけれど……。

そう思いながら、森を眺め続けていると不意に森からぶわっと魔力が溢れるのを感じた。

ここからでも森からたくさんの鳥が飛び去るのが見える。

もしかして……テルミス？

こんな遠くからでもわかる魔力なんて、どれほどの魔力量だろう。

知らなかったな。

それからしばらくして、アルフレッドがテルミスを抱えて帰ってきた。

顔や服に土がつき、血がつき、裾は破れているところもあった。

テルミス！

その後運ばれてきた孤児院の子たちも重傷だった。

聖魔法使いを呼び、手当てをし、温かなごはんを出す。

くそっ！

テルミスを守る！　そう言いつつ、俺は何をした？

結局何もできなかった。安全な館で待つことしかできない。

それに引き換えこの子たちは……。

剣術の先生がいるわけではない、満足な装備を持っているわけではないというのに。

夜、父様と母様が帰ってきた。

早馬で知らせを聞き戻ってきたのだ。

なんとかテルミスを助けられたことを知って、心底喜んでいた。

僕は留守を預かっていた者として、事件の報告をする。

「よくやった。マリウス。お前のおかげだ」

そう父様に言われて、僕はどんな顔をしていたのだろうか。

「ねぇ。マリウス。僕は館にずっといたから役に立っていない……なんて思ってない？」

その通りだ。僕は何もできなかった……。

拳を握りしめ、うつむく。

「今回マリウスは確かに孤児院の子たちのように、テルミスを見つけたわけではないし、応援が来るまで戦ってテルミスを守っていたわけじゃない。アルフレッドやイヴリンのように敵を制圧したのでもないわ。けれど、あなたがいなかったら孤児院の子は少しも武術の心得なんてなかったからすぐにやられていたかもしれないわ」

「しかし。それは……」

僕のおかげというわけじゃない。

そう言いかけて、不甲斐なさから口をつぐんだ。

「あの子たちだって手練れの男たちに敵うなんて思ってなかったはず。そんな無謀と思える状況でもテルミスを守り続けたのは、テルミスが仲間であるだけでなく、あなたに連絡すれば応援を出してくれるって信じていたからじゃないかしら？　あの子たちが守ってくれたのも、誰一人死んでいなかったのも、あなたが行動したから。あなたはあなたのやるべきことをしたわ。胸を張っていいの」

母様によると、孤児院の子たちは僕がくれたチャンスだと日々剣術の復習をしていたらしい。

「あぁ。マティスの言う通りだ。それに先程ゼポットが報告に来たが、誘拐犯は夕方の門番の交代時間まで町から出られなかったようだよ。交代のバタバタに紛れて通ったらしい。お前が発覚してすぐ門の検問を強化したからだ。それがなかったら今頃テルミスは山を越えていたかもしれない。そうすれば助かる見込みはなかっただろうから、お前の指示が的確だったから守れたんだ。剣を振って守るだけが守る方法じゃない。お前はよくやった」

役に立っていたのか……よかった。

娘が誘拐されかけようとも、王への謁見はキャンセルできない。

それが領主としての務めだからだ。

夜の間中、父様は捕縛した犯人の扱いや領の警備、テルミスの今後をあれこれと方々に指示し、母様はテルミスや孤児院の子たちに聖魔法をかけ続けた。

そして二人はほとんど一睡もしないまま翌朝早く王都へ向けて出発した。

母様のお陰で孤児院の子たちは重傷だったルークとネイト以外は夜の内に回復し、二人も翌朝には動けるようになっていた。

テルミスは大きな怪我はなかったため、傷跡は母様の魔法であっという間になくなったが、極限まで魔力を使ったため、魔力切れを起こしているらしくまだ起きない。

結局テルミスが目覚めたのは三日後だった。

第八章✴逃げる冒険者

カッポ、カッポ……。

ゆっくりゆっくりロバが山を登る。

今私たちはカラヴィン山脈を登山中だ。

はあっ、はあっ。

まだ傾斜が緩やかな地だが、ろくな運動してこなかった私にはきつい。

「そろそろ乗ろっか」

イヴリン姉様がひょいっと私を持ち上げ、ロバに乗せてくれる。

ロバは足が遅い。

だから大抵貴族は馬を使う。

そして私には空間魔法付きポシェットがあるので、ロバに運んでもらうほどの荷物はない。

それでもロバがいるのは……ただただ私を乗せるためだ。

今私たちは大国クラティエ帝国に向かうため、カラヴィン山脈の中を歩きつつひとまず帝国との国境があるベントゥラ辺境伯領をめざしている。

馬は山には向かないし、私もここ1年ほどはランニングをしていたものの、運動が苦手で体力がないのですぐにへばってしまう。

それゆえに私用にロバがいるのだ。

まぁ……そもそもまだ7歳だし、大人の体力についていけるわけがないと思う。

うん。仕方ないはずだ。うん……。


昼になった。

少しひらけたところがあったので、そこに腰を下ろして昼休憩とする。

ちょうど見晴らしもよく、振り返れば遠くに小さな町が見えた。

生まれてずっとあの町から出たことがなかった。

むしろ、館から出たのだって数えるほどだったから、初めて町に出た時はキョロキョロお上りさんみたいに見ていた。

あんなにたくさんの人がいて、店があったのにあんなに小さい。

いつ戻れるかなんてわからない、もう戻れないかもしれないと思い、目に焼き付ける。

「はい！　テルミスちゃんもどうぞ」

突然ずいっと目の前に出された干し肉を見て、驚いた。

イヴリン姉様も隣に腰掛け干し肉を齧《かじ》りながら、ドレイト領を見下ろす。

「寂しくなっちゃった？　私一人でみんなの代わりにはなれないけど、寂しくなったらいつでも胸貸すからね。我慢しちゃダメよ～」

しょんぼりしていたように見えたのか、気を遣っていつも通り砕けた会話をしてくれる。

でも、でもね……確かに感傷に浸っていたんだけど、今はこの干し肉で頭がいっぱいだ。

え？　昼ごはんこれ1枚なの？　本当にそうなの？

まぁ、ゆっくり食事なんてしていたら魔物に襲われて危ないのかもしれないし、旅のベテランの言うことを聞こう。

うん。

「ありがとう。イヴリン姉様」

「いいのよ。それより、その言葉遣い直さないとね！　一発でお嬢様ってバレちゃうわ。急に変えるのは難しいだろうから、今からゆっくり変えていきましょ。とりあえず私のことはイヴリン姉様ではなく、イヴって呼んで！　私もテルーって呼ぶから」

「はい！　イヴリン姉……じゃなくて、イヴ」

「よろしくね！　テルー」

✴

誘拐事件の後兄様に聞いたところ、王都を中心に五大魔法以外の人を誘拐するスキル狩りが活発になっており、私が誘拐されかけたのもそれが原因ではないかということだった。

冒険者登録に行った頃には隣の領でも行方不明者が出たため、その後私は館から出られなかったのだとか。

今回は誘拐をどうにか防いだわけだが、今トリフォニア王国は五大魔法の者以外にとって危険な国になっており、それゆえに私は隣国に逃げることになった。

目指す先はクラティエ帝国の帝都だ。

そこには父様の知り合いがいるらしく、身を寄せられるよう手紙を書いてくれたという。

事件後魔力切れを起こした私が目を覚ましたのは事件から三日後で、その時には父様も母様も王都へ向けて出発しており会うことはなかったけれど、兄様の話では知らせを聞いて一度戻ってきてくれたらしい。

その時に手紙などあれこれ手配してくれたのだとか。

母様に言われて登録した冒険者登録も、7歳の誕生日にもらった空間魔法付きポシェットも……スキル狩りの話を聞いて、万が一の時は逃げられるようにと逃亡準備だった。

全然気づかなかった。

帝都へはイヴリン姉様が一緒に行ってくれることになった。

それもイヴリン姉様が我が家に来た時に、話を通してあったと言うのだから、本人だけがのほほんと過ごしていたことになる。

孤児院のみんなは身を挺して守ってくれたし……本当私は人に恵まれている。

いつか何か返せる事があるのだろうか。

出発は慌ただしかった。

なるべく人と会わないよう年末年始で貴族は王都に、平民は皆が家に引きこもっている間に出発することにしたのだ。

それ故に目が覚めて五日後の明朝には出発した。

バタバタしていたけれど、冒険者登録や衣類などはすでに準備してくれていたし、年末年始だというのに専属のサリーやルカ、そしてメリンダや兄様たちも準備を手伝ってくれた。

五日の間にサリーはできる限りの食材と調理済みの料理を用意してくれた。

ルカは私のサンダル用木型からブーツを作ってくれた。

サンダル用の木型から作っているので甲の部分から上は紐で調整しなければならないが、ピッタリのブーツはとても歩きやすい。

メリンダは、包帯やポーション、タオルやナイフ、簡単な調理器具や簡単な裁縫道具、空の箱やら瓶やら袋やら旅に必要な細々したものを揃えてくれた。

マリウス兄様は事件の後処理が大変だろうに、どこからかロバを買ってきた。

テルミスの足ではカラヴィン山脈は無理だと。

その時は一生懸命歩けばなんとかなるのでは？　と思っていたけれど、さすが兄様わかっていらっしゃる。

ロバがなかったら随分前に私は一歩も動けなくなっていただろう。

アルフレッド兄様はどこからか布製の防具クロスアーマーを買ってきてくれたし、以前討伐したというアラクネの糸もくれた。

「本当は山へ旅に出るなら金属の鎧でも着て欲しいところなんだけどさ。テルミスは金属どころか革でも鎧の重さで潰れちゃいそうだろ？」ということで布製の防具なのだそうだ。

一緒にくれたアラクネの糸は、付与魔法用らしい。

付与魔法を使うのに適しているかはわからないけど、アラクネの糸は強靱らしく、その糸で魔法陣を描いたら、布の防具でも防御力が上がるのではないかとのことだ。

領内会議期間中私は部屋に引きこもって付与魔法の勉強ばかりしていた。

毎日遊びに来てくれていたアルフレッド兄様はその内容を覚えてくれていたのだ。すごい。


出発までの時間は私だってバタバタしていた。

1日目は部屋に閉じこもり、お菓子と靴の事業の引き継ぎ書をせっせと作った。

お菓子に関しては、今年1年は味のバリエーションを増やすだけにとどめ、来年新商品を出そうと思っている。

新しい味は紅茶や焼き芋がいいかな？

サリーならもう簡単に再現できると思う。

もう少し配合を変えてぷるんというよりトロリとしたとろけるプリンを作るのもいいかもしれない。

一応いつ帰って来られるかわからないので、新商品の情報も書いておく。

新商品はパイだ。

パイ生地なんて冷凍のしか使ったことないから、作り方なんて知らない。

だから私がサリーに言えるのは、「バターがいっぱい入っている生地で、折って伸ばして、折って伸ばして作る」なんていうアバウトな作り方とイラスト付きで出来上がったら何層もの生地がサクッとなるという完成図だけだ。

これだけでパイに辿り着かなければならないサリー……不憫。

ルカには調整パッドについて。

実物があった方がわかりやすいかと地魔法でなんとなくの実物を作ってみた。

これをもっと柔らかい素材で、靴にくっつくようにして欲しいんだよね。

作ったのは三つ。

一つはハーフソール。

つま先側に薄いパッドを入れることで甲の部分にできる隙間を埋めるもの。

自分のワイズより大きな靴を履いている時に起こる前滑りを軽減するためだ。

もう一つは、踵用パッド。

大きい靴を履いていると足が前に滑って、踵もスポスポ抜ける。

抜けると歩きにくいし、靴擦れで踵から出血することもあるから、これは本当に作って欲しい。

最後の一つはぷっくり涙の形をしたパッドだ。

貴族女性は基本的に運動不足……と思うので、扁平足の人が多いのでは？　と予想し、扁平足の人の土踏まずをカバーするパッドだ。

これらがあれば、市販の靴でも少しは不快感が減る。

ルカは「これ作ったら、ピッタリの靴を欲しがる人が減るのでは？」というが、不快感が軽減するだけなので、多分ピッタリの靴も売れるだろうな。

あくまで、すべての靴をピッタリ靴にする財力がない人、お気に入りの靴をなんとか履きたい人向けなのだ。


そしてその他の時間全てをかけて魔法陣を勉強した。

作ったのは、二つ。

一つは空調の魔法陣。

私が平民になっても欲しかったエアコンが『暮らしに役立つ魔法陣』に載っていたのだ。

それを見つけた時は、どうしてもモノにしなければ！　と目の色変えて頑張った。

おかげでテントとローブに空調の魔法陣を付与することができた。

これで山の中でも快適ね。

もう一つは転移魔法陣。

と言っても……急なことで適切な素材を用意できなかったし、私自身で魔力の省エネ化することもできなかったしで、転移できるのはメッセージカード1枚くらいだ。

ちょうどその大きさの小箱に魔法陣を描き、文字通り文箱《メッセージボックス》を作り上げた。

転移なんてかなり難しいだろうと思っていたのに、何故か……本当に何故だかすんなり理解できてしまって、感覚的にもこうすればいいだろうとわかってしまって。

三日というかなり短い期間で出来上がった。

作った箱は二つだけ。

一つはメッセージカードはこの二つの箱の間を行き来できる。

一つはマリウス兄様に渡してある。

これで何かあった時連絡がとれるようになった。

ちょっと安心。

出発前日は、孤児院に行った。

みんな元気になっていて本当によかった。

子供たちからしたら、私が魔力切れでぶっ倒れてから会えてなかったので、私の心配をしてくれていたようだ。

互いに泣きながら、よかった、ありがとう、よかったと言い合った。

私は以前刺繍で作ったトリフォニア王国の地図と思い出のポテトチップスを大量に作って持って行った。

一通り涙が収まったらみんなでポテチパーティ。

美味しかったし、楽しかった！

帝都に行く話もしたら、ネイトがついていこうか？　と言ってくれた。

だが、危ないかもしれないのだ。

もう私のせいで誰かが死ぬかもしれないなんて思いたくない。

一緒に行くイヴリン姉様は強いらしいが、ネイトはまだまだ子ども。

危ない旅には連れて行けない。

丁重にお断りした。

でも……その気持ちは嬉しかったな。


ちょっとがっかりしたネイトを、護衛として一緒に孤児院に来ていたイヴリン姉様がフォローしてくれる。

たちまち元気になるのだから、美人の効果はすごい。

孤児院から帰ってくると、サリーとルカが「帝都から帰ってくる頃にはきっとビックリするくらいすごい店にして、オーナーを楽させますからね！」と挨拶に来ていた。

ありがとうと返したし、気持ちは嬉しかったのだけど……今から帝都へ逃げていつ帰って来られるかわからない私がオーナーのままでいいのだろうか？

そう思った私は母様への手紙の中にいつでもオーナーを変更していい旨も追加しておいた。

夜はマリウス兄様、アルフレッド兄様、イヴリン姉様とちょっぴり豪華なディナーだ。

マリウス兄様はきのこパーティで食べたパングラタンが気に入ったらしく、ディナーの1品はパングラタンだった。

他愛無い話をたくさんして、たくさん笑った。

楽しかった……。

食事が終わるとメリンダが部屋で待っていた。

「お嬢様……本当によろしいですか？」

「ええ。お願い」

ジョキン。

長かった髪を短く切る。

旅をするのに、私一人で髪の手入れなどできるわけがないし、髪が長いだけで裕福な子だとわかってしまうからだ。

最後に涙を堪えながら「お嬢様……どうかお元気で」と言われた時、ようやく明日出発なのが現実味を帯びてきて、私も「今までありがとう」と涙を滲ませお別れした。

堕落まっしぐらだった私が、こんなにもたくさんの人と関わって、何かを作れたのは全部全部メリンダのおかげなのだ。

メリンダが毎日……そう毎日「そろそろ算術の勉強ですよ」「次は魔法の勉強の時間ですよ」と優しく厳しくスケジュール管理してくれたから、頑張れたんだ。

政略結婚にも役に立たない無能な私はとにかく領地のために頑張るしかないとギチギチに予定を組んだ時に、「お嬢様の幸せも探そう」と言ってくれたのもメリンダだったし、掃除を教えてくれたのだってメリンダだ。

スキル判定でライブラリアンとわかってからこの2年間……頑張っている時は常にメリンダがいた。

あぁ……寂しい。

そうして涙涙の夜が明けて、皆に見送られ、出発したのが今朝のこと。

今は夜。もう振り返っても領地は見えない。

たった1日しか経っていないのに、ずいぶん遠くまで来てしまったような、遠い遠い昔の出来事のような気がする。

今朝家を出発して、私は貴族令嬢テルミスから冒険者テルーとなった。

多分王都では貴族籍を抜く手続きをしているんじゃないだろうか？

冒険者デビューして初めての夕食時。

昼間は干し肉1枚だったし、一日中歩いているから（いや、半分以上はロバに乗っていたか……）、お腹が空いた。

イヴリン姉様、改めイヴは火を起こし、テントを張るとちょっと待っていてと言ってどこかに行ってしまった。

程なく何かの雄叫びが聞こえ、ちょっと怖くなっているとイヴが肉を抱えて戻ってきた。

この短時間で狩って来たの⁉

それからイヴは徐にドン、ドンと切り分け、枝に刺し、焚き火で焼き始めた。

そして枝ごとはいっと渡されたのだけど……この大きな肉の塊はどうやって食べればいいのだろう？

いや、ナイフとフォークで食べないことはわかっているよ？

けれど、本当に大きいんだ。

前世の焼き鳥みたいな一口サイズの肉じゃ無い。

かぶりついても、かぶりついてもなくならない肉の塊なのだ。

まぁかぶりつくしかないのだけど。

パンくらいなら調理しないし、足してもいいよね？　と思い、ポシェットからイヴと私の分のパンを出す。

イヴはキラキラと目を輝かせて喜んでいた。

たかだかパンなのに。

結局見よう見まねでかぶりつきながら肉を食べ、時折パンを食べた。

それだけなのに新しいローブとクロスアーマーには肉汁が落ちてしまった。

うぅっ！　頻繁に洗濯なんて出来ないのに……。

夜は焚き火のそばで本を読む。

アルフレッド兄様からもらったアラクネの糸をどんな魔法陣に使うか検討しているのだ。

防御と言っても、打撃を防げればいいのか、斬撃を防げればいいのか、魔法を防げればいいのか……。

まだまだ勉強不足だけど、防ぐ対象の違いで魔法陣が変わるはずだ。

むむむ。何がいいだろう？

「テルー。ちょっといい？」

「はい。なんでしょう」

「夜なんだけどね。やっぱり山の中だし一応見張りがいるの。夜中は私が見張るから、今からはテルーが見張り。テルーは結構魔力量が多いから、可能なら定期的に周囲の魔力感知して欲しい。まだ初めてだろうから、少しでも近くに反応があったら起こしてちょうだいね。できる？」

「わかったわ。おやすみなさい。イヴ。また明日ね！」

初めての見張り……ちょっと緊張する。

焚き火の火も消さないようにしないと。

灯りがあるだけで魔物除けになるんだそうだ。

私がうっかり寝ちゃったら、イヴも危険に晒すことになる。

しっかりがんばらなくては！

結局夜中まで本を読みつつ、常時薄ーく魔力を行き渡らせて魔力感知を発動しておいた。

魔力枯渇にはなりそうになかったので、これからも見張りの時はこうしよう。

イヴはテントの中でマントにくるまって寝ている。

あんな格好でよく寝られるなぁ……私これから寝られるのかなぁ？

そう思っていたけれど、夜中見張りをイヴと交代したらあっという間に朝だった。

睡眠時間としては貴族令嬢だった頃の方があったし、いいベッドも使っていたけれど、今日の方がスッキリ目覚めた。

やっぱり朝から夕暮れまで歩いたのと太陽の光をダイレクトに浴びているのが良いのだろうか？

テントとローブに空調の魔法陣付与していたのは、本当に良かった。

昨日ちゃんと魔法が効いているか確かめたくて、見張りの時にローブを脱いだら……寒すぎて死ぬかと思ったのだ。

ずっとぬくぬく館で育ったから、テントとローブに付与してなかったらあっという間に体調崩しただろうな。

朝はイヴが干し肉と堅パンをくれる。

はぁ。

護衛してもらっている身でわがままを言ってはいけないとは思うのだけど……昨日から干し肉↓肉↓干し肉と肉ばかりが続いている。

しかも味付けは一切なし。

前世も知っている私にはなかなか苦行だ。

堅パンと干し肉を食べた私たちはまた歩き出す。

ゆっくりゆっくり、時折ロバに乗りつつゆっくりゆっくり。

昼になった。

当然の如く干し肉が支給される。

うっ！　はぁぁぁぁ。

「ねぇ。イヴ……山ではやっぱりお料理なんてしたらダメなのかしら？　せめてお昼なら危険も少ないかと思ったのだけど……どうかな？」

「え!?　料理？　テルー料理できるの？　お嬢様だったのに。料理はしてもいいわよ。むしろ大歓迎！　流石に夜は長引くと睡眠削られるから、なるべく手早い方がいいけどね」

「え！　していいの？　じゃあなんでも作っていいの？」

「そうね！　あ、でもナイフとフォークがいるようなのはダメよ〜。できる？　私料理は全然ダメなのよ〜。だからいつも干し肉と堅パン、途中で狩った獲物の肉焼くだけなの。作ってくれるならすごく嬉しい！」

「ではでは！　私今日のお昼作りますね！　私もこの旅で役に立てることがあってよかったです！」

スープ！　スープが飲みたい！　野菜たっぷりの！

「何か手伝うことある？」

「いえ大丈夫です！　イヴは仮眠でもとっていて下さい。出来上がったら起こしますから」

お子様な私を気遣って、イヴの方が長く見張りをしている。

故にイヴは4時間ほどしか寝ていないのだ。

イヴは木に寄りかかり仮眠し始めた。

私は薄ーく魔力を行き渡らせながら玉ねぎの皮を剝く。

いろんな野菜を大量に用意してくれたサリーと簡単な調理グッズを用意してくれたメリンダのおかげだ。

ありがとう。

さぁ、玉ねぎを切りましょう！　というところで気がついた。

台がない。

良い高さの石もない。

いや待て待て。

火は魔法でつければいいと思っていたけれど、その火にどうやって鍋をかけたらいいんだろう？

Y字の枝を2本拾ってきて物干しみたいに枝を通して鍋を吊り下げる？

そんなちょうどいい形の枝はぱっと見なさそうだし持っている深鍋は吊り下げるような構造じゃない。

石を集めて竈《かまど》を作る？

すごく小さい石ならあるけど、集めるだけでかなり時間がかかりそう。

どうしよう？

たしかに料理ができる自信はあった。

貴族令嬢時代は1、2回しか料理したことなかったけれど（料理人付き）、前世では自炊していただろうし。

プロ並みではないけれど、簡単なものなら作れると思っていた。

だが、あくまで想定していたのは普通のキッチンだ。

サバイバル料理は……自信がない。

うーどうしよ？　……あ！　作ればいいのか！

「地《テイエラ》」

土でコの字形のベンチを二つ作った。

一つは鍋が二つ置けるくらいの大きさでベンチの座面には二つ穴が空いている。

もう一つのベンチは大人が二人座れるくらいの大きさだ。

大きい方のベンチの前に座り、まな板で玉ねぎ、人参、じゃがいも、セロリ、キャベツを切っていく。早く火を通したいからなるべく小さくだ。

切ったそばから大きな寸胴鍋に入れる。

ついでに昨日の残り肉も全部小さく刻んで入れる。

「水《アグア》」

少なめの水を入れ、塩を入れ、蓋をする。

「火《フエゴ》」

もう一つのベンチの下に火をつけ、ベンチの上に鍋を置く。

ぐつぐつぐらぐら、ぐつぐつぐらぐら。

その間、鍋の横にフライパンを置いて、スクランブルエッグを作ると、パンの間に挟む。

水魔法で調理器具を洗い、片付けるとスープがいい塩梅にトロッとなってきた。

玉ねぎも透明になっていい感じ。

大量に作ったそれは持ってきた空のガラス瓶に詰める。

空間魔法に入れとけば腐らないというので合計五つの瓶をポシェットにしまう。

鍋に残ったのは今日の分のスープ。

水を足して、塩胡椒を加えて一煮立ち。

匂いでイヴも起きてきた。

喜んでもらえるかな？

スープとパンだけだけど、干し肉オンリーのイヴには喜んでもらえる……はず！

「山でこんな美味しいもの食べるなんて初めて！　テルー大好き～！」

そう言ってイヴはぎゅっと抱きついてきた。

よかった！　役に立てた。


「あ、イヴちょっとストップ！　あれ収穫していきましょう！」

「えっどれ？　食べられそうなものなんてないわよ～」

「あの地面を這っている草です。あれはきっと食べられるものです！　ちょっと待っていてくださいね」

ライブラリアンで本を取り出す。

読むのは、『植物大全』だ。

「あった！　やっぱり！　その葉っぱタイムって言うの。イヴが狩ってきてくれるお肉にまぶして焼くときっと美味しいよ」

「これが～？　あんまり美味しそうには見えないけどね～。でもせっかくだから収穫していこう！　そういえばテルーのポシェットはどれくらい物が入るの？」

二人でしゃがんでぶちぶちとタイムを引き抜く。

「馬車1台分かな？　急な出発で、容量いっぱいまで物を持って来られなかったので、まだ入りますよ」

こんなものでいいか。

とりあえず袋に入れてポシェットに放り込む。

「便利ね～。じゃあ途中1箇所村によるかもしれないけれど、これから数ヶ月くらいずっと山の中だし、これからどんどん標高高くなって辛くなってくるから、動ける今のうちに何かしら使える物は採取しながら行きましょうか。そんな可愛いポシェットなのにお肉も入っているんだもんね。おもしろいわ～」

「そのままポイって入れてないですからね！　ちゃんと箱や袋に入れて収納していますから！」

「ふっ！　気になるのそこなの？　それよりちょっと暗くなってきたから急ぐわよ～。今日の夜ははら、あそこのちょっと平らになっているところで休みましょ！」

「はい！」

私は急いでロバに乗る。

歩けなくもないが、着いたらすぐ料理の支度をするので体力温存だ。

乗りながら『植物大全』と睨めっこ。

料理を作っていいとなると、貪欲にもなる。

サリーがたくさん食材を用意してくれたとはいえ、数ヶ月持つわけがない。

少しずつ調達もしていかなければ……また干し肉生活に逆戻り。

植物の知識をつけることが、美味しいご飯に直結するのだ。

なりふり構っていられない！

目的の場所に着くと、イヴはお肉を求めて周囲を探索に行き、私は魔力を薄く広げて魔力感知しながら、火を起こし、昼食の時に作ったベンチ二つをポシェットから取り出す。

2回目となれば慣れたもので、小鍋にお昼に作ったスープの素を一瓶入れ、トマトをザクザク切って入れる。

ん～いい香り！

昨夜と同じく雄叫びが聞こえて、その後イヴがお肉を持って戻ってきた。

「わぁ！　今日は大猟ですね！　昨日も思ったのですが、イヴはあっという間に狩ってきますね。

ふふふ。スープはもうできていますから、あとはこのお肉を焼きましょうね。昨日と同じように枝に刺して焼きたいので枝刺してくれますか？」

「テルーこそあっという間にご飯作るわね～。枝ね。すぐするわ」

刺してもらったお肉に塩と今日採取したタイムを塗り込む。

そのあとは昨日と同じく火にかけて焼く！

美味しくなればいいなぁ～。

はい！　出来上がり！

二人揃ってベンチに座って食べる。

「んんー！　美味しい！　本当に、本当にテルーと旅ができてよかったわ～。もうっ！　こんなに料理上手なら最初から言ってよー。あぁー。美味しい。昨日の肉と大違い～。本当にあの葉っぱがね～、こんなに美味しくなるなんて！」

「イヴが毎回干し肉だったので、魔物対策で山では料理してはいけないのかと思っていたんです。私の料理はそんなすごいことじゃないですよ。ふふふ。スープなんて昼の残りにトマト加えただけですし、お肉もタイムと塩すり込んだだけですし。あっという間に狩ってくるイヴの方がすごいですよ」

夜は昨日と同じくイヴは先に寝て、私は見張りだ。

昨日と同じくクロスアーマーに描く魔法陣を勉強している。

……あ！　そうだ！

結界！　結界にしよう！

去年読んだ『聖女マリアベル』の伝記にあったじゃない！

本の中では、物理攻撃、魔法攻撃も効かず、瘴気も結界の中なら安全だった。

聖女が使っていたってことは、聖魔法のはずだ。

ただ聖魔法という魔法陣はない……と思う。

魔法陣付きアクセサリーを作ろうとしていた時に、あれこれ調べたけれど、今のところそんなものはない。

〈傷や病を治す魔法陣〉って書いてあったもんね。

だから私は火や水、風、地とは違い、聖魔法は付与魔法の一つだと思っている。

ということは……付与魔法を学べば結界作り出せる？

結界を作る魔法陣はパッと見た感じ本には載っていない。

だから……作り出すしかないのだと思う。

できるだろうか？

とりあえず、魔法陣を描くための基本的なルールはわかっている。

傷や病を治す魔法陣を勉強した時に覚えたから。

結局作る暇はなかったけれど、あの時勉強していてよかった。

残る問題は素材と古代語。

素材は魔法陣に描く内容が決まってからでいいから……まずは古代語かな？

よし！　しばらくはロバに乗っている時は、『植物大全』を読んで植物の勉強！

夜の見張りの時は古代語を中心に魔法の勉強！

貴族令嬢だった時みたいに、地理や歴史、算術を勉強する時間はないけれど、今の私にはこの二つが一番生存率を上げる気がする。

メリンダがいない今、「○時になったら……」という予定は組めない。

一人でそんな細かな時間割……絶対に管理できなくて、ズルズルと明日こそ、明日こそと言いながら怠けるに決まっている。

今の私でもできそうなのは、時間ではなくロバに乗っている間、見張りの間という行動に結びつけること！

この二つだけだけど、これだけでもしっかりやろう。


今日の朝は、昨日作った野菜スープの素に少し水を加えて、イヴからもらった堅パンを入れてふやかした。

最後に少しだけミルクを足して、お腹膨れるミルク粥の出来上がりだ。

その間イヴはテキパキとテントを片付ける。

まだたった三日だけど、なんだか役割分担ができている。

その後は歩きながら周囲に目を光らせ、ロバに乗りながら植物の勉強をする。

お昼休憩を挟み、また食材を探す。

今日の収穫は、ラベンダーだ。

食材じゃないけどラベンダーは何かスキンケアアイテム作りに使えそうと思い、採取しておいた。

まぁ……作り方はわからないけれど。

あっという間に夜になる。

イヴは狩りに出かけた。私は料理だ。

パンも節約しないとあっという間になくなってしまうし、わたしはパン焼けないしな……うーむ。

ということで作ったのはなんちゃってピザ。

小麦粉と水を溶いた生地を焼き、その上にお肉、パプリカ、トマト、チーズを乗せてさらに焼く。

チーズがとろりとしてきたら出来上がり……なのだけど、その1歩手前でやめておく。

残りはイヴが帰ってきてからにしよう。

焼きたてが美味しいからね。

その時、うすーく広げていた魔力に魔力反応があった。

イヴじゃない。

けれどまっすぐこっちに向かってくる。

魔物だったら……どうしよう。

あ！　ご飯守らないと!!　作ったピザを素早くポシェットに入れる。

その瞬間！

ガサガザザザ！

木の葉が揺れる。

風が舞い、火が消える。

真っ暗になる。

見えないっ!!

落ち着け、落ち着け。

見えない時は……魔力を探ればいいのよ。

誘拐事件の時に反省したじゃない。

少しの隙もないように全方位に魔力を探っていく。

いた！　ここだ！

「火《フエゴ》」

とりあえず見えないから火を放ってみた。

するとそこには大きな蛾。

魔力があったし……魔物？　いや、魔虫……？

いやぁぁ！　虫は苦手なのに！

私の火はかすっただけだったようで、蛾は元気に羽をバタバタ動かしている。

そしてすぐさま急降下。

もう！　だからこないでよー！

突風を出し、コントロールを無くし、地面にヨロヨロとついたところでもう一度火を放つ。

やっと……しとめ……あ……れ？


「テルー！　テルー？」

「イヴ？　あれ？　私……あ！　大きな蛾と戦っていたはずなんですが……ふぁ〜。勝ったと思ったら、急に眠く……なってしまって……」

「うん。ちゃんと仕留めていたよ。今回復かけたから、もうすぐ眠気は無くなると思うけど、大丈夫？」

「はい。ただ眠いだけで……大丈夫。なんでこんなに……眠いのかしら」

まだ半分しか開かない目をこする。眠い……。

「テルーが戦ったのはね……モースリー。蛾の魔物ね。羽を激しくバタバタさせてなかった？」

「していたかも」

「そうなったら要注意。モースリーの鱗粉は眠気を誘うの。そして眠っている間に他の魔物に食べられ、その残りの死体にモースリーが卵を産むのよ。だからモースリーが出たら一撃で仕留めるか、常に風を自身の周りにまとって鱗粉を避けるかしかないの」

徐々に覚醒しつつある頭で考える。眠ったら、他の魔物に食べられて、その死体に卵……。

ひっ！　死ぬとこだった!!

「私がいなかったばっかりに……怖い思いさせたね。ごめん」

「いや！　大丈夫。イヴは狩りに行っていたわけだし、イヴのお肉なかったら、いつか食料尽きちゃうと思うし！　そしたら餓死だし！　留守番すらできない私の方こそごめんなさい。私も強くなれるよう頑張るから……気にしないで」

夕食を食べたあと、イヴが気を遣って一緒に見張りをしようと言ってくれたけど、そしたらイヴの睡眠時間はゼロだ。

ありがたいけど、それじゃただのお荷物だ。
いや、子供の護衛なんてお荷物以外のなんでもないんだけど。
ちゃんと寝てもらって魔法の勉強に移る。
今日のこともあるし、結界さえあればイヴは安心して狩りに行けるはずだ。
早くクロスアーマーに結界の魔法陣を付与しないと。
そうは言っても簡単じゃない。
魔法陣の本を読んでみるも、結界の魔法陣なんて載っていない。
古代語の本にもそういう定形の呪文は載っていないし……。
初っ端からつまずいた。
マリアベル様はどうしてたっけ？
魔法陣が載ってなかったのは確かだけど、何かヒントがあるかも。
そう思い、久しぶりに伝記を読む。

『魔物が蔓延《はびこ》る死の森の中。
騎士たちは死の森を前に立ち往生していた。
森に入ろうにもほとんどの騎士は森の入り口で濃すぎる瘴気に膝をついてしまうのだ。
そんな時森に一人の女が来た。
騎士たちが止めるのも構わず、女は歩を進めようとする。

入り口で歩みを止めるも、一瞬のこと。

女は手を組み、天に祈る。

「邪なる物、悪しき物を祓給へ　清め給へ」

祈りを捧げた女、そして騎士を金色の光が一瞬つつんだ。

その後は入り口で膝をつく騎士もなく、森の奥へ進んだ彼らは魔物を倒した。

女は森の最奥で再び天に祈ると、キラキラと光の粒が舞い降り、死の森を元の豊かな森に戻したという。

ここに聖女マリアベルが誕生した』

さすが聖女様だけど、これは結界なのかな？

現代語で書かれたものだからニュアンスが違うのかもしれないけれど……

『邪なる物、悪しき物を祓給へ　清め給へ』って古代語に訳したら癒やしの呪文の一部だ。

病気や毒物など体に害あるものを、祓い、清めるものだと思っていた。

ん？　いや、このシチュエーションなら瘴気は体に悪いものだし……だから合っているのかな？

だとしたら、物理攻撃には別の呪文を使っていたのか？

マリアベル様はこの出来事の後聖女に担ぎ上げられ、国内外のあらゆる危険地帯に同行された。

そんな危ない場所だからこそ予期せぬ襲撃、予期せぬ病など予期せぬあれこれが巻き起こるのだが、その度に咄嗟に適切な呪文で回避していたとしたら、勉強や才能だけでなく、運動神経、判断能力も素晴らしいことになる。

勉強ならなんとかなるかも……と思ったけれど運動神経はからきしなので、できれば同じ呪文であってほしかったな……。

そう思いながらも他に代替案があるわけでもないので、何かヒントはないかと伝記を読み進めるうちに交代の時間となった。


また朝になり、ご飯を作り、歩き、ロバに乗り、昼になり、ご飯を作り、歩き、ロバに乗り……夜になった。

今日の成果は、ローリエの葉とナランハ！

ナランハとは、簡単に言えばとーっても香り高い黄色いオレンジだ。

ナランハの黄色を見つけた時、嬉しくて泣きそうだった。

魔法の制御の練習も兼ねて、風魔法で一つずつ収穫した。

結構難しく、何個か落としそうになったところをイヴがキャッチしてくれる。

大量に収穫したので、今日は夕飯も食べたというのにその半量を使ってグッグツとジャムを作っているのである。

ジャムにしておけば、ナランハソースも時短で作れそうだし（多分）何よりポシェットの空間の節約にもなる。

これで明日からも何か見つけたら収穫できるというものだ。

ドロドロとなり始めたジャムをまたかき混ぜながら煮込む。

もう一方の手には本を持ち、『聖女マリアベル』の伝記を読み進める。

一度読んだ内容なのでささーっと、あくまで魔法陣のヒントを見つけるために読む。

ジャムが出来上がる頃には本も読み終わった。

瓶に目一杯ジャムを入れ、逆さにむける。

あぁこの輝かしい色……素敵。

まだ旅に出て数日だけど、甘い物は一切取っていなかった。

サリーが作ってくれたプリンもあるけど、数量限定でなくなったらいつ食べられるかわからない。

だからこそ拾ったナランハで作ったジャムが光り輝いて見える。

伝記に話を戻そう。

全部目を通したが結界に関して大した知識は得られなかった。

というのも結界と思われるシーンでは必ず「天に祈った」となっているのである。

その祈りの内容が知りたいのに！

唯一それらしき記述があったのが昨日読んだ聖女誕生のシーンで、現代語では『邪なる物、悪しき物を祓給へ　清め給へ』と口にしている。

昨日も思ったが、これは癒やしの呪文に近い。

マリアベル様が現代語でこう唱えたのか、古代語で唱えたのか……古代語ならば正確に翻訳できているのか……。

そこら辺はわからないけれど、これは試すしかない。

「邪なる物、悪しき物を祓《はら》い給へ　清め給へ」

キラキラとした光が一瞬舞い散ったような気がした。

輝く魔力が自分の周囲をふよふよ漂っている。

あ、この感覚……何かに似ている……。

そうか。

魔力操作の練習に似ているんだ。

そこで魔力を完全なる球体にするようイメージすると球体になった。

でも私が結界内にいれば、攻撃できないのでちゃんと守られているのかわからない。

魔力を手のひらに集めて外に放出する練習をしたときのように、私はその魔力を掌から横にあるベンチに移す。

すっぽり覆われたところで、その状態を維持しつつ、攻撃をかける。

もちろん大袈裟にならないように威力低めだ。

土の雨を降らせても、火の玉を打っても、高圧の水を出してもベンチに当たる前に何かにぶつかったように跳ね返ったり、逸れたりする。

これは！　これこそ！　結界では？

そもそも触れられるのだろうか？　と恐る恐る触ってみると、手は結界をすり抜け、ベンチに触れられた。

では物理攻撃は効かないのか？　と思ったが、近くの木の枝を持って叩こうとすると阻まれた。

念のため素手でも殴ろうとしてみたが、私の手が痛いだけだった。

マリアベル様はその時々の状況を判断して、あらゆる防御壁を張っているのかも……とも思ったけれど、そうではなかったらしい。

よかった。

もしあらゆる防御壁を駆使していたのだとしたら、クロスアーマーに魔法陣を描く際に何に対する防御にするか選ばなければならなかった。

そろそろ魔力が切れそうになる。

見張りが魔力切れでは意味がない。

今日の実験はここまで。

ジャムを煮込んだ鍋に水を足す。

よかった。まだお鍋洗ってなかったからナランハ湯が飲める。

鍋に残るジャムの残りを湯で溶かして、飲む。

ふぁー。美味しい。

これ交代の時イヴにも飲ませてあげよう。

ゆったりした体勢で甘く温かい飲み物を飲む。

ちょっとだけメリンダが入れてくれるチャイを思い出した。

魔力枯渇になりかける度に作ってもらったんだよね……。

魔力回復を待つ間ぼんやり考える。

癒やしの呪文が結界だった。

いやむしろ、こっちが元で状態回復用に「我が身を阻む」と入れたのかもしれない。

いやいや原文は『四柱帰依　祓清邪悪願　癒守温光願』だ。「我が身」なんて一言も入っていない。

悪いものを祓って清めて、癒やし守るのだ。

それは病や毒物だけじゃない。

対象への攻撃も含まれていた……ううん。それ以外にも何かあるかもしれない。

とにかく対象にとって悪いものを祓い、清め、守る。

それがこの呪文の真価ってこと？

ということは現代語訳が過剰に訳されていたということかな？

それとも病に対する呪文だとしか知らなかった？

考えてもわからないけれど……一つわかった。

本にはたくさん魔法陣も載っているけど、まだまだ魔法には知らないことがありそうだ。

悪いものを祓い、清め、守る……か。

癒やしの呪文というよりは、浄化と守護の呪文ね。

国中の危険地帯に赴き、瘴気を抑え、民を守ったマリアベル様みたいな呪文だ。

ん？

ぼーっと辺りを見ていたら、何か違和感がある。なんだろう？

何かが今までと違う気がする。

このタイミングで違うとなればベンチだろうが……何が違うかわからない。

わからないけど何か違う。

うーん。

結局そのまま分からずじまいで交代の時間になった。

ナランハ湯をイヴに渡して就寝だ。

一日中歩いた上、魔力もたくさん使ったのでテントに入るとすぐに寝入ってしまった。


「おはよう、ございます……ふぁ」

「テルーおはよう！　ん？　昨日水浴びした？　とってもスッキリしたわねっ。でも、冬の間は夜の水浴び厳禁よ～。寒くて風邪ひくわ。まぁ、そろそろ浴びたくもなるわよね。今日、明日あたりで1日水浴びや洗濯する日を取ろうと思っていたんだけど……ごめん！　言ってなかったね」

「え？　いえずっと手拭いで拭うくらいでしたから、そろそろ水浴びしたいなーとは思っていましたけど、昨日は水浴びしていませんよ？　あんなに寒いのに流石に無理ですよ。ふふふ」

「うそー？　でも髪もツヤツヤふわふわよ。ちっともべたっとしてないし……服も洗濯したみたいに綺麗なんじゃない？」

確かに指通りがいい。

んー？

昨日したことといえば結界の実験くらいだしな……と思ったところで、昨日実験に使ったベンチに目をやる。

え!?

ベンチは料理の際にコンロとして使っていたベンチだったので、何度も使用するうちに火が当たる場所が黒くなっていたのだが……ない……綺麗になっている。

昨日なんか違う気がしたのは、汚れがなくなって綺麗になっていたからか。

でも、なんで？

「テルーなんか面白いことしたんでしょ？　ねえっ！　何したの？」

浄化と守護の呪文で実験していた。

……浄化って汚れも落としてくれるってこと!?

「イヴ。昨日私魔法の実験していたんです。多分それのせいですね……痛くも痒くもないので、イヴに試してみてもいいですか？」

「テルーは目を離したすきに面白いことしているからな～。その魔法とっても気になる。いいわ。やってみて！」

昨日と同じように浄化と守護の呪文を唱え、イヴを包み込む。

昨日と同じく一瞬キラキラとした光が舞い踊る。

「綺麗……」

イヴが目を見開いた。

魔法を解除するとイヴも汗や汚れがスッキリ落ちて綺麗になっていた。

やっぱり浄化って瘴気や毒物だけでなく汚れも取り去ってくれるんだ。

「……すごいね。これ。水浴び要らず、洗濯要らずじゃない。でも綺麗になることわかってなかったってことは、実験で試したかったことは別のことってことよね？　何のために実験していたの？」

「えっと、あの……先日モースリーの件でイヴに心配かけてしまったでしょう？　私は狩りもできませんし、歩くのも遅いですし、体力もないですし。そもそも私がライブラリアンでなければ、こんな人目を避けるように山沿いに逃げなくてよかったはずなので。それで、あの……だから、お留守番くらいちゃんとできるようになろうと思いまして、結界の実験をしていました」

そう答えれば、イヴは姉が妹を守るのは当たり前だと、私のことが好きだから大変な旅でもいいと言ってくれた。

「それに大変だけどテルーといると楽しいわ。貴族令嬢だったくせに料理したがるし、『家に帰りたい！　こんな旅嫌だ！』って泣き言言うかと思ったら、急に植物の勉強をしだして、『あれはきっと食べられるものです！　採取して行きましょう！』なんて言うんだもの。今度は一晩で見たことないすごい綺麗な魔法使っているし、見ていて全然飽きないのよね」

一緒にいると楽しいと言ってくれるイヴの気持ちが嬉しかった。

私もイヴと一緒にいると楽しかったから。

「だからそんなこと気にしなくていいのよ。私は好きで一緒にいるからね。そ、れ、よ、り、も！　結界って言った？　結界ってあの結界でしょ。聖女が使うアレ。え。じゃあテルーは聖女……」

「イヴ落ち着いて。私はライブラリアン。聖女じゃないから！　結界作れないかなと思って、聖女マリアベル様の伝記を読み直したんですよ。そしたら一箇所だけ祈りの言葉が記載されていて、それが古代語に訳したら癒やしの呪文に似ているな～と思って、ダメ元で試してみただけですから」

「ふーん。簡単に言うけど、たぶんすごいことじゃないのかなぁー。私、古代語読めないからなんとなくそう思うだけかもしれないけど」

イヴはすごいことと言うけれど、呪文自体は聖魔法の魔法陣にも使われている呪文だ。

昔は聖魔法の魔法陣入りアクセサリー持っていた人も多かったというし、魔法陣を使っていた時代は普通にみんな使えた魔法なのではないだろうか。

「それで結界の出来栄えはどうなの？」

「あ！　一応昨日それらしいものはできました！　あのベンチに結界張るので、ちょっとイヴ攻撃してくれませんか？」

それからイヴはベンチに向かって魔法を放ったり、剣で切り付けたりしていたけれど、ことごとく跳ね返された。

「うそ。すごいわね」

「これでお留守番はバッチリです！　ふふふ」

それから私たちは朝ごはんを食べ、いつものように出発した。

いつもは途中で魔物が出ると、私に近づく前にイヴが瞬殺するのだけど、その日は結界の実験も兼ねて、魔物が出るたび結界をかけ、わざわざ攻撃を受けた。

うっ！

まだ戦いには慣れないな。

今までは私に近づく前にイヴが倒してくれていたから、それほど気に留めなかったけれど、この実験ではそうもいかない。

毎回間近で戦いを見ている。

正直怖い。

ちなみに実験結果はというと、結界を破って攻撃できた魔物は1匹もいなかった。

入れた魔物も1匹もいなかった。

中には先日私が戦ったモースリーもいたが、羽をバタバタ揺らして鱗粉を撒き散らすも結界内にいた私たちは眠気を感じることはなかった。

もう一つ発見は、結界内から攻撃できないことだ。

帯剣することは問題ないが、剣を抜き、さて倒すぞ！　と思った瞬間剣が飛んで行った。

もちろん飛んでいったのはイヴの剣だ。私は剣なんて使えない。

殺意は結界の外でなければならないらしい。

では、魔法はどうなるのか？　と思い実験したところ、結界内でも料理するために魔法を使った時は問題なく魔法が使えた。

けれど魔物を倒すべく攻撃魔法を繰り出すと、繰り出したそばから雲散してしまった。

つまり結界内にいたらこの上なく安全だけど、こちらから攻撃もできないということらしい。

結界の実験をしてから四日。

魔法陣についても勉強して、条件のつけ方とかそれを魔法陣にどう表すかなど検討して試作の魔法陣を作ったのが昨日のこと。

実験した結果、条件の付け方が悪かった……というか私の考えが足りず、着用すると全身に結界が張られる仕様になってしまった。

いいと思うでしょ？

私も着用している部分だけではなくて、着用者の全身を覆えた方がいいじゃない！　と思ったからそういう条件を書いたのだけど、これでは一切攻撃魔法が使えない。

すると、もし諦めの悪い敵がいたとしたらこちらからは手を出せないので、誰かが倒してくれない限り、ずっと攻撃され続けることになる。

結界のおかげで怪我はしないだろうけど、そんなことになったら怖いだろうな。

というわけで、今日は手首より先だけ範囲外になるような魔法陣を模索している。

手首より先だけを範囲外にできたら、手は無防備になってしまうけれど、魔法は使えるからね。

けれど、これが難しい。

当たり前だけど、条件が複雑になればなるほど難しいし、魔力もかかるのだ。

体はほぼフルカバーで、魔力消費は少なめで、手だけは結界の範囲外。

どうすれば？

自分の手首を見ながら、ここだけ結界を切りたいんだよなぁ……。

手首の部分に、境界線の魔法陣を刻む？　でも、陣が複雑になってしまうなぁ。

まぁ他に当てがないわけだし、やってみよう。

それから何度か泥で試作し、クロスアーマーに結界を付与する。

ちょっと苦戦した。

テントとローブに空調の魔法陣を付与する時も結構苦戦したもんな……。

おかげで2、3回魔力切れギリギリになってチャイのお世話になった。

これぱっかりは付与の場数を踏まなきゃいけないんだろうな。

普段は魔力を込めて陣を描くだけなのだけど、付与の場合はそれを定着させなければならない。

定着するまで魔力を注ぎ続け、最後にグッと圧をかけるようにするとピカッと一瞬光り、なんとか定着するのだ。

今回ももうこの時点で魔力は残り1割程度。

慣れたらもう少し少ない魔力で付与ができるようになるのだろうか。

翌日からはアラクネの糸に魔力付与。

これがまた難しかった。

浸透させるって簡単に本に書いてあるけど、最初やってみた時は糸の周りにふよふよ魔力がまとわりついているだけだったし、それから何度やってもコーティングしたようにしかならなかった。

周りにまとわりついているだけなので、当然すぐ解除されてしまう。

三日ほどかかってやっとできた。

コツは煮物に味が染み込む様子をイメージしながら、付与することだ。

浸透と聞いて、真っ先に思いついたイメージは染色だったのだけど、イメージがうまくいかなかったのかできなかった。

煮物の方が確かに身近だね。

ちなみに出来上がった糸は、透明ながらキラキラ光っていた。

綺麗。

そのあとはクロスアーマーに先に付与した結界の魔法陣の上をアラクネの糸でチクチク縫う。

魔力を流すと陣が浮かび上がるので、魔力を流しながら縫うのだ。

魔法陣の付与をしてあるので、アラクネの糸でさらに魔法陣を描かなくても完成といえば完成だけど、まだ付与初心者で定着が甘いかもしれないし、魔法の技術も大してない私の守りの装備は大事だからね。

このクロスアーマー作りは、夜の見張りの間だけしかやっていないので、目の疲れ、魔力切れなどなどの理由で、毎日少しずつしか進まず、結局出来上がったのは、館を出てから2ヶ月経った頃だった。

そうだ！　クロスアーマーが出来上がったことアルフレッド兄様に報告しよう。

マリウス兄様に言付ければ伝えてくれるだろう。

みんなも……元気かな。

出発の時にマリウス兄様に渡した文箱《メッセージボックス》をポシェットから取り出す。

これを使うのは、今日が初めて。

出発してすぐに手紙を送りたくなったけれど、こんなすぐに送っては迷惑だと思って、何か言うべきことができたら送ることにしようと、今日まで封印していたのだ。

クロスアーマーの報告なら、いいだろうか？

モースリーを倒したことも話そう！

イヴが毎回あっという間に狩りをしてくることや、星空がとっても綺麗なこと、お料理当番していることも。

マリウス兄様に聞いてもらおう。あとは何話そうかな？

送れる量はメッセージカード1枚きり。

何を書くか思案する。

ふと、マリウス兄様からは手紙があるのだろうか？　と思った。

実はずっと気にしていた。

しかし、毎日箱を開けては手紙が来ていないか一喜一憂するのが怖かったし、そればかりに気を取られて、何も手につかなくなりそうで……ずっと見ぬふりしていたのだ。

恐る恐る箱を開ける。

ふわっ。

紙が風で飛ばされそうになり、慌てて押さえる。

そこには何枚ものメッセージカードがあった。

兄様、こんなに送ってくれたんだ。

嬉しい。

最初の手紙は、出発して1週間してからだった。

『テルミスへ
元気にしているか？　怪我などしていなければいいのだが。

今日やっと父様と母様が帰ってきたよ。

テルミスのことすごく心配していた。

僕もついていきたい位だったが、テルミスが一刻も早く安心して暮らせるようにこちらで頑張るよ。

体に気をつけて。

マリウス』

心配してくれていたのに、変に怖がって今まで文箱《メッセージボックス》を開けなかったことを後悔した。

それと同時に、久しぶりにマリウス兄様の字を見て、懐かしくて胸が締め付けられる。

まだ2ヶ月。

たった2ヶ月だけど、ずいぶん遠く離れてしまった。

離れてもこうして心配してくれる、連絡してくれる家族がいるというのは、本当にありがたい。

迷惑ばかりかけて何も返せない私なのに、変わらずよくしてくれる。

それなのに、私は……手紙一つ送らないで。

これからはもっとマメに連絡しよう。

✴

テルミスから文箱《メッセージボックス》をもらって2ヶ月。

僕は週に1度は手紙を送っている。

まだ返事は一度もない。

本当に送れているのだろうか？

確かめる術はないから、今日もまたテルミスに手紙を書く。

箱にメッセージを入れようとして、いつもとの違いに気づく。

箱の中に紙が入っていたのだ！
返事!?

『マリウス兄様
久しぶりです。
イヴも私も元気です。
たくさん手紙を送ってくださってありがとう。
なかなか返事を書けなくてごめんなさい。
寂しくなってしまいそうで、なかなか箱を開ける勇気がなかったの。
でもこれからはちゃんと定期的に手紙を送るね！
もっとたくさん話したいことがあるの』

あぁ。よかった。
手紙送れていたんだ。元気なのか。
それにしても呼び方がイヴリン姉様からイヴになっている。
仲良くやっているみたいだ。
さぁ、もっと首を長くしている父様と母様に手紙が来たと知らせないとな。
手紙を持って部屋を出ようとすると、箱が光った気がした。

すぐに箱のもとに戻り、確認してみると……2通目がきていた。

『少し前、初めてモースリーを倒しました。

と言っても、倒した直後に私も眠ってしまいましたが。

倒せたのはマリウス兄様と攻撃を当てる練習していたおかげです。

イヴは有名な冒険者と聞いていましたが、本当にびっくりするほど強いのです。

いつもあっという間に倒してしまうのだから、きっとマリウス兄様も見たらびっくりしますよ！』

モースリー!?

モースリーと言えば鱗粉に眠らせる成分があり、それで敵を眠らせ、他の魔物が眠った敵を食べ、その残りの死体に卵を産みつける……そんな魔物じゃなかったか？

まだ魔物と戦ったことがない僕も、魔物の知識だけならある。

モースリー相手に眠っているじゃないか！　大丈夫なのか？

いや、手紙が来ているから大丈夫だったのだろう。

返信がないと心配していたが……手紙が来たら来たで心配しかない。

夕食後の父様と母様を誘い、お茶を飲む。

「今日やっとテルミスから手紙がきたよ」

「よかった！　無事だったのね！　なんと言っているの？」

まずは父様に手紙を見せる。

「なに!?　モースリーだと！　まだテルミスは子供だというのに。手紙が来たということはイヴリンさんが守ってくれたか。よかった。頼んで正解だった……それにしてもイヴとは、随分仲良くなったようだな」

「あらまぁ！　よかった。なんだか楽しそうにやっているじゃない？」

「出発して2ヶ月……もう少ししたらウォービーズも時折現れる時期だ。気をつけるように言わねば」

さらさらと手紙を書く父様。

きっと手紙を書くだろうと思っていたから、文箱《メッセージボックス》も持ってきてある。

その箱が……また光った。

「今光ったわね。手紙が来たってこと？」

箱を開けると3通目だった。

少し小さめの文字で綴ってある。

裏にもびっしりだ。

『今日はイヴが狩ってきてくれたお肉の香草焼きとトマトのスープを食べました。

イヴはお料理が苦手なようで、私がお料理当番なのです！

少し前にナランハがなっている木を見つけ、たくさん収穫したのでナランハジャムを作ったのですが、食後にこのジャムをお湯や紅茶に入れて飲むのが最近の楽しみです。

誕生日のお祝いカードありがとう。

とても嬉しかったです。

出発して新しい環境に必死で、誕生日のことすっかり忘れていました。

誕生日と知ったイヴが明日お祝いしてくれるようです。

あとアルフレッド兄様にもらったクロスアーマーにアラクネの糸で結界魔法陣を刺繍しました。

昨日やっと出来上がったのですよ。

これでモースリーも怖くありません！

アルフレッド兄様に改めてお礼を伝えてくださると嬉しいです。

また連絡します。

お体に気をつけて。

テルミス』

「テルミスはいつの間に料理ができるようになったのだ？　ここではしてなかっただろう。いや、それよりも結界だ。結界って聖女のあれか。なぁ、マティス……お前結界張れるか？」

「いえ。私程度の聖魔法使いでは結界は無理ですわ。それこそ聖女様クラスでもできるかどうか……」

うちの娘はいつの間に聖女になったのだ。

テルミスは目を離すといつも予想外の事態になっている。

「マリウス……お前は少しテルミスに魔法習っていたな。私にも少し教えてくれないか」

「父様に、僕が!?」

「そう驚くことないだろう? 魔法のセンスは私よりお前の方がいいし、私は魔法陣を使う魔法の使い方を知らないからな。よくわからんが、テルミスを見ていると魔法陣を使う魔法の方ができることが広がる気がする。私も魔法陣に関する書物がないか調べておこう」

この日はウォービーズに気をつけること、魔物の特性を学ぶこと、早速こっちでもナランハを取り寄せてジャムを紅茶に入れて楽しんでいることを手紙に書いた。

それにしても……僕はこのカード1枚送るだけでとっても疲れるのだが……時間差があったとはいえ今日は3枚届いた。

僕だって頑張れば2枚は送れるが、3枚はできるか自信がない。

またテルミス魔力が増えたんじゃないか?

父様は方々に当たって、魔法陣関連の本を探したがなかなか見つからないようで、父様と僕はテルミスから教わった魔力感知と魔力操作を特訓しつつ、文箱《メッセージボックス》を使って、テルミスに魔法について教わり始めた。

✴

う〜気持ち悪い。

頭も痛いし、全身がだるい……。

もう一歩も歩けない私は今日一日ロバのお世話になっている。

食欲もないが、全く食べないのも体に悪いので、作り置きしているスープを温めて飲む。

イヴはスープに自分で焼いた肉が追加だ。

こんなに体調が悪いなら、今日は一日動かずにいようと思ったのだが、空の様子が芳しくなく、雨が降りそうで、どうせ休むなら洞窟やせり出した岩の下で雨を避けながら休みたいと少し歩いているのだ。

昼を挟み、夕暮れが近づいた頃ようやく洞穴を見つけた。

中に入ると少し暖かい。

「テルー。見つけるのに時間かかってごめんね。大丈夫？」

「大丈夫……じゃない。気持ち悪い〜。回復かけちゃダメなの？」

「これぱっかりはね。標高の高さに体が慣れてないだけだから、回復かけてもあんまり意味はない。ちょっと気持ち悪さは軽減すると思うんだけど、不快症状すらなくなっちゃうと体が慣れたかどうかわからないし、そんな中動き回ったら、最悪命落とすからね」

そう言われてしまうと仕方ない。

今日、明日はゆっくりしよう。

「ここからは標高が上がる度にまた体に負担かけちゃうから、体を慣らしながらゆっくりね。それに、そもそも体が重くて動けないだろうし」

「イヴはなんともないのに。足引っ張っちゃってごめんなさい」

「そりゃテルーの方が体も小さいし、数ヶ月前までほとんど運動もしてなかったんだから、早めにダウンするのは当たり前よ！　そんなこと気にしなくていいから、ゆっくりして」

せめて結界は担当しようと結界の魔法陣を洞窟内に描く。

結界の中ただひたすらゴロゴロする。

調子が悪いときはただただぐったりして、調子がいい時は本を読んでいる。

そんな日を二日過ごした。

だいぶ慣れてきたのか、まだだるさはあるものの気持ち悪さや頭痛は薄れてきていた。

イヴはこの時間出かけている。鍛錬がてら魔物退治に行っているのだ。

だから一人でお留守番。

最近は結界があるから、少し出かけて狩りや鍛錬をしに行くことも増えた。

今まであっという間に狩りを終わらせていたのは、もちろんその技量があるからだが、一番の理由は少しでも私を一人にしないためだったのだと気づく。

まぁ……実際モースリー相手にもギリギリだったわけだしね。

ちなみに魔獣はまだ倒せていない。

というのも前世も今世も獣は、倒すべき相手と思っていなかったからだ。

豚肉は豚を殺したものだとわかっているし、猪が出たら駆除するなんて話も聞いたことある。

けれど、どれも知識として知っているだけで、実際に命のやり取りはしたことがない。

私の周りにいた獣に類するものは、ペットや動物園の動物であり、倒すべき対象じゃなかったのだ。

だからどうしても躊躇《ためら》いが生まれてしまう。

実は魔獣と闘う機会は今日までに2度ほどあったけれど、殺すまでできなかった。

拘束まではできたのに。イヴにはトドメを刺さないと危ないと怒られてしまった。

その点虫は、前世も今世も退治したことがあるから、倒すことに躊躇いはない。

とても怖くはあるけれども。


そして今私の魔力感知に引っかかる反応が六つある。

これは魔物か？　いや、もしかして……人？

こっちに向かっているみたいだけど、人ならばなぜこんなに高い山に？

とりあえずちょっとだけ様子を見に行くことにする。

何があっても今の私ならクロスアーマーのおかげで防御だけはバッチリだから。

はぁっはぁっ。

だいぶ気持ち悪さがなくなったとはいえ、ちょっと歩くだけでも息が切れる。

カラヴィン山脈はまだまだ高い場所もあるけど、私大丈夫だろうか？

少し歩くと、ようやく人影が見えてきた。茂みに隠れてそっと窺う。
走ってきたのは、豪華なドレスを着た若い女性だった。
え？
なんでこんなところに？　ドレスを着た女性が？
とにかく女性は走っている。
あれは走りにくそうだな。
どうしよう？
よくわからないけど関わらない方がいいかな？
ドカッ！
え……？
女性は背中に何かが当たったらしく、前に倒れた。
そうだ！　魔力反応は六つあったんだった！
女性が走ってきた方向を見ると騎士が5人、剣を抜いて迫っていた。
あ！　これ絶対関わっちゃダメなやつ。
騎士と敵対したら、私も罪人になっちゃう！
でも……。
誘拐された時のことが思い出される。
あの時ネイトたちが助けに来てくれなかったら、私もどうなっていたかわからない。

そう思うとダメだった……。

ごめんね。イヴ……厄介ごと連れて行くかも。

フードを深く被り、茂みから出る。

まだ騎士たちは私に気づいていない。

「地《テイエラ》」

誘拐犯の時と同じように、騎士たちを土の手で捕縛する。

「なっ！」

「誰だ！」

「こんなことして、いいと思っているのか！」

正直騎士に歯向かうのは、よくない気がしている。

けれど、誘拐された時自分より圧倒的に力の強い男の人に追いかけられてすごく怖かった。

だから……。

「失礼。ただ訳は知らないが騎士ともあろうお方が、若い女性一人に5人がかりとは恥ずかしくないのか？」

子供だと思われたら負けだ。

なるべく低い声で答えた。

「その女はな、国外追放の罪人だ。殿下の婚約者でありながら、嫉妬から聖女候補の女性に嫌がらせをしていたのだ」

は？

え？　よくわからない。

嫌がらせって……国外追放になるほどの嫌がらせって何？

どんな嫌がらせしたら国外追放になるのよ。

それにしても、きつい。

動くのも辛いけど、魔法もいつもより辛い。早く洞穴に帰りたい。

「そうか。では私が責任持って国外に追放しよう。こんな山奥で殺害することが罰ではないのだろう？」

「は？　ちょっと待て！」

一人が火を放つ。

ちゃんと拘束できてなかったのか。

「水《アグア》」「地《ティエラ》」

水の壁で相殺し、もう一度拘束する。

そして拘束したまま、とにかくできる限り遠くへ運ぶ。

「うわぁぁぁぁ！」

下山……とまでは行かなかったけれど、山の中にある集落の近くまで運んだから死ぬことはないはず。

はぁっ。きつい……。

もうちょっと、もうちょっと頑張れ私。

女の子の方を向く。

ごめん。キツすぎて優しい言葉はかけられそうにないや。

とにかく洞穴まで連れていけば治療もできる。

洞穴まで行けば。

「ついて……」

「よかった。無事？　急にいなくなったら心配するでしょ！」

後ろから聞こえた安心する声にホッとして。

「イヴ……ごめん……な……」

そのまま意識を手放した。

✴

ザク、ザク、ザク……。

あれ？　今私……。

「あ、テルー！　目が覚めた？　もう少しでテントに着くからね。それからたっぷり話は聞かせてもらうわよ」

「ごめん、なさい……あ、重いよね！　もう歩けるから下ろして」

「ダーメ。高山病だから安静にって言っていたでしょう？　それなのに急にいなくなるんだもの。心配したわ。こう見えて私結構怒っているのよ」

「ごめんなさい……」

洞穴の結界に入った。

イヴは焚き火の前に私を下ろすとナランハ湯を作ってくれた。

ほっと一息つく。

少し魔力も回復してきたところで、助けた女の子に意識が向く。

結界の効果で汚れもすっかり取れた彼女のドレスは一目で高いとわかるくらい上等だった。

彼女自身も白い肌、なめらかな金髪に、透き通った青い瞳。

「え。お姫様？」

びっくりした。

「先程は助けていただいてありがとうございました。私は、アイリーンと申します。ご迷惑を承知でお願いします。このドレスが売れるような街まででも構いません。どうか、私も一緒に連れて行ってくれませんか。お願いします」

そう言って、アイリーンと名乗るお姫様は頭をたれた。

冒険家ゴラーの物語

STORY OF ADVENTURER GOLAR

テルミスが生まれる200年以上も前のこと。この時はまだトリフォニア王国もクラティエ帝国もない。一つの王国が大陸の半分以上を支配していた。その名をトリム。かつては、カリスマ溢れる指導者の下繁栄を極めていたトリム王国だが、今は見る影もなく、衰退の一途をたどっている。

これは、そんな時代に生きた一人の旅人の物語である。

✴

「ちっ。モースリーか」

最悪だ。俺の得物は剣、飛行する魔物とは相性が悪い。なるべく風上に避けながら、周囲を見渡す。あの岩までおびき寄せられれば……。のらり、くらり。右に左に避けながら少しずつ岩へ近寄る。

モースリーは、眠りを誘発する鱗粉を撒く魔物だ。鱗粉さえ避ければ怖いことなどない。ゆっくりじっくり相手の隙を狙うのだ。

俺が眠らないことに苛立ち始めたモースリーは、スピードを上げて急接近。かかった！

ぐっと右足に力を入れ、岩まで駆け上がる。1歩、2歩、3歩目で岩の頂上までのぼり、そのまま左足を踏ん張り方向転換。

「うるぁ！」

俺の間合いに届けば、モースリーなんて敵じゃない。一振りでモースリーは地に落ちていった。

「はぁ。モースリーじゃ、腹の足しになんねぇよ」

干し肉をちびちび食べながら、一人愚痴る。誤算だった。途中で狩りをすればいいと食料を買うのをケチったのだ。くそぉ。腹減った……。

そのまま夜になり、朝になった。

俺が好きな本にカイルと言う旅人が書いた旅行記がある。

その本の中で一番印象に残っているのが、虹の谷だ。虹のように色とりどりの山を一望できる谷があるらしい。いつかこの目で虹の谷を見る。それがその本を読んでから俺の夢のひとつになった。

そういうわけで夢の一つを叶えようとカラヴィン山脈を登っている。

夢を追う旅……なんと希望にあふれた楽しい旅だろうかと思うかもしれないが、現実の旅はすこぶる地味だ。まず、虹の谷があるというウマワルタと言う場所がカラヴィン山脈の山頂付近のため、旅程はずっと山登り。

またこのカラヴィン山脈が長くて、高い。特にここら辺は、標高が高くなってきたからか植物も減ってきて、ところどころ茶色の地面がむき出しで、目にもわびしい。

それに山頂まではまだまだだっていうのに、食えそうなものが何もない。

「ぎぃやぁぁぁ！」

なんだ？　ガキの声？　こんな高い山の中で？　もしかして集落があんのか！　急いで俺は声のした方へ走り出す。そこには、ウォービーズが2匹、ガキに近寄っているところだった。

全くついてない。なんだってまた飛ぶ虫なんだよ！

それでもガキに襲い掛かろうと低空飛行しているところだったから、まだ良かった。

走ってガキとウォービーズの間に滑り込み、下から刺し殺し1匹、そのまま横に振り、もう1匹を殴り飛ばす。素早く剣を振り、刺さったウォービーズを抜き、もう1匹にとどめを刺す。なんとかなったか。

俺の魔法は本を読むくらいしかできないから、今までこの剣の腕1本で倒してきた。我流だからよくわからないが、少しは強いんじゃないかと思う。これで魔法が普通に火とか風とかだったら、もっと報酬の高い依頼をこなすこともできるんだろうが。

まぁない物を嘆いても仕方ない。それより村に連れてってもらって、何か食いたい。

「おいお前！　どこから来た？」

振り返るとガキは失神していた。まったく。


ウォービーズの死骸を焼いているとガキが起きた。

「お、目覚めたか？」

「ひぃぃっ」

燃え盛る死骸に恐怖が戻ってきたのか、1歩、2歩と後ずさり、そして……逃げた。

おい！　俺の飯は!?

「ちょっと待て！」

そう言って、走り出したガキを追いかけ捕まえたところで、声がかかった。

「お前！　うちの息子に何してやがんだ！」

熊みたいなどでかい男が、今にもなぐりかかってきそうな憤怒の顔で迫ってくる。

なんだって俺が！　助けたのは俺だぞ？

「おいガキ！　ぼーっとしてねぇで、さっさとオヤジに説明しろ！　助けてやったのに、俺が殴られそうじゃねぇか」

俺の声にようやく意識が戻ってきたガキが声を張り上げて、やっと俺の冤罪が晴れた。

そんなトラブルはあったが、詫びをしたいと言って連れてきてくれた村では、ウォービーズを2匹倒したとあってお祭り騒ぎ。外に天幕を張り、酒や食事も沢山出て、飲めや歌えやの大宴会。ずっとちびちび干し肉をかじって過ごしてきたから、ここは天国かと思ったね。

「この度は、村の子を助けていただきありがとうございます。あの子に聞きましたが、あのウォービーズを一瞬で倒されたとか。ゴラー様は高名な冒険者なのですか？」

浮かれ気分の俺にそう話しかけてきたのはこの村の村長だ。

「まぁ名は売れていないが、この剣1本でやってきた。多少腕は立つ自信はある」

「そうでしたか。実は、ゴラー様にお願いがあるのです」

聞けば、ここはウォービーズが毎年大群率いてやってくる場所で、毎年村の男総出で討伐している らしい。今日2匹のウォービーズが確認されたことから、数日中に20～30のウォービーズが来るだろうと。

「だから、どうか我らとともに戦ってくれませんか。お願いします」

報酬も払われるというし、その間の住む場所、食事も提供してくれるという。

いい話だけれど、ウォービーズか……。

「村長。俺の剣はまぁまぁ強いと思う。だが、剣だからどうしても飛行する魔物は不得手だ。今回は剣が届く場所にいたから倒せた。だが、次もそうとは限らないぞ」

「その心配はもっともなこと。ですが、その心配はこちらの剣で払拭できるかと」

そう言って村長は剣を差し出した。見たところ普通の剣だ。特別いい剣ってわけじゃない。

「これがか？」

「まぁ見ていてください」

そう言って、村長はさっきの熊男に剣を渡した。村人たちは熊男の前から一斉にいなくなり、俺の背後に回る。

なんだ？

熊男はその場で剣を一振り。ぶぅおんと音が響き、風が吹いた。そして気づけば、熊男の正面にあった木が真っ二つになっていた。これは、風刃《ウインドカッター》か？

「この剣の名を風神。これならば、斬撃が飛びます故飛行する魔物にも攻撃が届きましょう。もし討伐してくれるというのなら、この剣を貸しましょう」

「……普通そこは、『あげましょう』だろ。あとこれは風魔法使いじゃなくても使えるのか？」

これは剣自体に魔法効果があるようで、風魔法使いでなくても使えるんだそうだ。ちなみに、剣の譲渡は来年以降ウォービーズの討伐に困るから勘弁してくれと断られた。まぁそうか。毎年くるんだもんな、ウォービーズ。

「でもその剣があるなら、何も俺じゃなくていいじゃねぇか。自分たちで戦えんだろ?」

「いえ、我々は普段は普通の村人です。魔法の剣があっても、剣の腕など全くありませんので、ウォービーズには当たらないし、逆に味方に当たるリスクがあります。いつもならあいつが使えるんですが……」

そう言って村長は熊男を見やった。よく見れば、熊男は剣を左手1本で振っていた。

そうか。右腕を負傷しているのか。

宿もある、食事もある、報酬も出るし、武器も貸し出ししてくれる。俺にとってはいいことづくしの提案に、結局乗ることにした。

報酬や魔法の剣も魅力的だったが、今までの旅がひもじすぎて、ウォービーズ討伐までの数日でいいからしっかり飯を食いたいというのが一番惹かれたところだ。

ウォービーズの大群が来たのは三日後だった。

討伐に行くのは、俺、熊男、そしてもう二人。しかも今回は一人女性がいる。熊男の妻らしい。この村は本当に小さな村で、老人が多かった。だから、討伐に行くような若者はそれくらいしかいなかったのだ。

ウォービーズはざっと数えて30はいた。本当にこの数を相手にすんのかよ。

先頭切って俺たちに向かってきたウォービーズを、俺は風神で切り裂く。この数日この剣ばかり振って訓練してきた甲斐あって、もうすっかり手になじんでいる。この剣の柄の部分には小さく模様が彫ってあり、これが魔法陣らしい。ここに魔力を流すことで、風の斬撃が生まれるわけだ。

魔法陣ってやつは、もうすっかり使われなくなった時代遅れの産物だと思っていたが、こんなことが出来んのか。

剣でウォービーズを切り裂いていくが、俺一人ではやっぱりさばききれないほど多い。このウォービーズの厄介なのは、数の多さもそうだが、奴らが連携していることだ。前に出て切り倒していると、時折横からも攻撃を仕掛けてくるのだ。

それでも安心して前へ突っ込んでいけるのは、後ろで補佐してくれるやつがいるからだ。

「火《フエゴ》」

聞きなれない呪文が聞こえ、火球《ファイアボール》が飛んでくる。

これも魔法陣での魔法らしい。熊男たちは魔法陣を描いた石ころをネックレスのように首から下げ使っている。

俺には使えないのか？　と聞くと、これは1日、2日で使えるようになる代物ではないらしい。残念だ。現に熊男たち自身もまだまだ習得したとはいえず、火球《ファイアボール》などの初級魔法しか使えない。

魔力も多くないから、風神なくして討伐は無理だ。

何とかウォービーズを倒すとまた村ではお祭り騒ぎになった。

「いやぁ。だれ一人死ぬことなく終わって本当に良かった」

そう笑うのは、村長だ。

この時期のウォービーズの毒は受けたら5分で死に至るほど強力で、死人が出る年もあるらしい。

それ……聞いてねぇ！

「もうこんなあぶねぇ山奥に住んでいないで、下山しろよ」

何気なく言った俺の言葉で、村は静まり返った。

な、なんだ？

隣に熊男が座る。

「ゴラー。お前、俺たちの魔法どう思った？」

「あ？　別に。俺も使ってみてぇなとは思ったけどな」

俺は本しか読めないから、他の魔法を使いたいと思った。ただそれだけだ。

「我々の魔法は怖がられるのです。今はもうそれほどすごい魔法使いはいませんが、魔法陣の魔法とスキルで使う魔法は決定的な違いがあります。それ故にスキルではできないことも訓練次第でできるようになる。人は自分と違うものを怖がりますから……お互い離れていたほうが良いのです」

「そうか」

人は異質なものを怖がる。もうそれは本能的なものかもしれない。

俺もスキルがわかった時、なんで狙われたのかはわからないが殺されそうになった。命からがら逃げて、逃げながら森の中でひっそり暮らした。最初の剣は俺を殺そうとした奴から奪った剣だ。

森での暮らしは俺の剣の腕を否応なく上げた。魔法も使えない俺は、唯一の武器である剣で強くならねば生きていけなかったのだ。今でこそ、名を変え、スキルを隠し、冒険者として普通の暮らしが出来ているが、今思えば殺されそうになったのは、俺のスキルが異質だったからかもしれない。


宴から数日後、名残惜しいが俺は村を出発することにした。

「虹の谷はまだまだ先だ。そっち方面には行ったことがないから確かなことはわからないが、山頂付近にはエルフの里があるという。あんまり近づかんほうがいいぞ」

そういう熊男の忠告と報酬、そしてたくさんの食料を背に俺は村を出た。


はぁっ。はぁっ。

村を出てからどれくらいたっただろうか。村を出て三日も歩けば、また山の様子が変わってきた。

これまではところどころ地面がむき出しだったが、まだ地面の大半が木や草に覆われていた。

今はその逆で、乾いた土がどこまでも広がり、合間にぽつりぽつりと緑がある。その緑だって濃い新緑でもなければ、みずみずしい若葉の緑でもない。黄色みの強い、土の色と同化してしまうような緑だ。

空気が薄いのか歩くとすぐに息が上がってしまうため、最近は1日歩いてもちっとも進まない。

はぁっ。はぁっ。

とにかく前に歩く。

右足、左足、右足、左足……。

足を出す、息を吸う。

これしか考えられないまま、とにかく歩く。

突然足元が途切れた。

あまり動かないポンコツな頭とは裏腹に、体は優秀で、反射的に落ちぬよう後ろにのけぞる。

あ、ぶねぇ。落ちたら死ぬところだった。

落ち着いてあたりを見回すと、俺の目の前には深い谷があり、そして……目線をあげるとそこには虹があった。俺が見たくてたまらなかった虹だ。夕日に照らされて対岸の山肌が赤茶や緑がかった茶色、黒や黄色、白などの土の層がまるで年輪のように幾重にも層になっている。

これが、虹。

なんて大きく、重い虹だろう。

いつまでもその感動の余韻に浸っていたかったが、すぐに夜になった。

木もほとんどない山の上で見た星は、虹を見つけた達成感からなのかとてもきれいで、手を伸ばせば摑めそうな気がした。

「いま俺は神に近いところにいる」

わけもなくそう思った。

翌朝、朝日に照らされた虹は夕日に照らされた虹とはまた違う美しさを放っていた。

「夢ではなかったんだな」

残り僅かになった村人からの食料に手を付け、せっかくならば虹に近づこうと崖を降りることにする。2時間ほど歩き回ってようやく降りられそうな傾斜の場所を見つけ、慎重に降りた。

下まで降り切ると、目の前には黒い猫がちょこんと座っていた。

「お前、こんなところで一人なのか?」

当たり前だが猫は答えない。数秒、いや数十秒俺たちは見つめ合ったが、猫はふいっと顔をそらし、歩いて行った。少し歩くと後ろを向き、俺を見つめて止まっている。

「ついて来いってことか?」

予定もないし、俺は猫の後を追った。

「ここは……なんだ?」

猫についていった先にあったのは、石造りの建物だった。

「お前……ここに住んでいるのか?」

振り返るが、もうそこに猫の姿はない。どこに行ったんだ?

石の門をくぐり、階段をのぼると広い円形の場所に出た。天井もなく、壁もない。円の外周には東西南北に俺の背丈ほどの円柱が並んでいる。

ここはいったい何をする場だ?

何かの舞台か? それとも祭壇か?

中央には大きな台があり、そこには1冊の本がおいてある。いや、本の形をした石だ。もちろんページなんてめくれない。何かが書いてあるが、俺には読めない字だ。

いたずら心に手に持ち、その本を読んでいるふりをしようとした。

「ん……ぐぐぬ」

ちっとも持ち上がらなかったが、よく見れば下に線が見える。何かが下に書いてあるのだ。

「くそっ。いったいこの下に何があるんだよ」

石の本を押したり、引いたりしてみたがびくともしない。あまり褒められたことじゃないが、本と台の隙間に剣を差し込み切ろうとした。全く動かず、剣がダメになりそうで断念した。

いろいろと考えて、虹の谷のことが記されていたカイルの旅行記に何か見逃したヒントがあるかもしれないと、もう何度読んだかわからないその旅行記を開いた。

その瞬間。石の本が光り始め、いつの間にか俺はこの光に飲み込まれた。

「ここはどこだ?」

さっきまでいた場所はカラヴィン山脈の山頂付近だったはずだ。

寒かったし、乾燥していた。植物なんてほとんど生えていなくて、土ばかりだったんだ。

それが、どうだ。ここは青々とした緑がうっそうと生い茂り、生ぬるい湿った風が吹き抜ける。

それにここにある植物は、どれもこれも見たことがない。こんな大きな葉っぱの植物なんて見たら絶対忘れないはずだ。そしてこの大きな葉っぱの木には黄色くて細い実がたわわになっている。

これは何だ?

興味本位で手に取った。もう何十回も読んできたので、図鑑には載っていないとわかっている。ならばすることは一つ。自分で確かめるのだ。

端の方を少しかじる。甘い！　そして旨い。

食ったら思い出したかのように空腹を訴えるので、結局3本も食べてしまった。

腹ごしらえを終え、周囲を見渡せば、大きな石があった。その形は不定形で、一番高い場所は凡《およ》そ3メートル、横幅も一番広い場所は4メートルぐらいあろうかという大きな石だ。その石に近づくと、石には何かが書いてあった。だが、俺には読めない。

そして二重の円の中に三角や俺には読めない文字がいろいろと刻まれた模様もある。これはきっと魔法陣だ。あの村で借りた風神に刻まれていた魔法陣よりも複雑だが、たしかに似ている。

何の陣かわからない。俺にこれを使えるのかもわからない。

ただ好奇心から陣へ魔力を込めた。

「おわっ！」

その瞬間石は光り輝き、俺の背後へとまっすぐに光を伸ばした。

その後光は1分も経たぬうちに消え、後には俺と石だけが残った。

それからしばらく石の前で待ってみた。カラヴィン山脈の山頂付近からここまで来た時のように、光に包まれて全く別の場所へ移動したり、ゴゴゴ！　と地鳴りが響き、地中から何かものすごいものが出てきたり……そんな展開を予想していたのだ。だが、いくら待っても何も起きない。

「なんだ？　ただ光っただけか」

その時はそう思ったんだ。

夜が更けたので、石の近くで火を焚き、野宿をすることにした。火の番をしながらすることは決まっている。読書だ。もう読める本は全て読んでいたが、それでもいつもこの時ばかりは本が読めてよかったと思う。慣れた手つきで本を出し、何を読もうかとタイトルが並ぶリストを眺める。するともう何年も増えていなかった本が増えていた。

増えていたのは『古代語』『魔法の基本』『初級魔法陣集』の３冊。

初めての魔法の本だ。

まず、『古代語』を開いてみる。

そこには俺が読めなかった文字がたくさん書いてあった。えっと……この文字が、地《テイエラ》で、あとは……知らない文字ばかりで目がチカチカしてくる。今日はやめだ！　俺は勉強らしい勉強が苦手なんだ。

次に読んだのは、『魔法の基本』だ。

『魔法を習得するには、大きく三つのステップがあります。

まずは自分の魔力を感知すること。

それがスタートラインです。

次にコントロールすること。

自分の魔力を体に巡らせたり、ある一定の範囲まで魔力をカバーしたり、放出させたり。

自身の魔力を自在に動かせるようになりましょう。

最後は、その自在に動かせる魔力を形にするイメージです。

より早く、より鮮明にイメージすることで洗練されていきます』

スキルなんて一言も書いてなかった。

これなら俺にも魔法が使えるんじゃないか？

そのまま夜が更け、朝を迎えても、俺は本を読み続けた。

ちなみに俺はすぐにやってみたい派だ。『魔法の基本』を読み、『初級魔法陣集』を読んだ俺は、魔法陣を使いたくてたまらない。『魔法の基本』にはまず魔力感知や魔力コントロールが出来るようになるのが先だと書いてあったが、そんなの知ったことか。

水の魔法陣を何度も描き、綺麗に描けたらありったけの魔力をぶち込んでやった。

「水《アクア》！」

すると勢いよく水の柱が空高く立ち上り、そしてほどなく大きな水滴となって降りてきた。空から落ちてきた大きな水の粒は当たると痛いほどだったし、当たり前だが全身びちょぬれだ。それでもよかった。

「はっはっは！　できた！　やっぱりできたぞ！　これで俺は魔法が使える！」

これが俺と魔法陣との出合いであり、これから始まる途方もない旅への第一歩となった。

✴あとがき

THE BOTANISTというジンを知っていますか。

これは、多くの植物を使って作られた香りが爽やかなジンなのですが、私はこのジンにだいぶ助けられながら、この小説を書きました（決して飲んで酔っ払いながら書いた……と言う訳ではありませんよ。ふふふ）。

あとがきは何を書いても良いと言われているので、何を書くかいろいろと迷ったのですが、今回はこの小説を書くにあたり最初にぶち当たった壁を共に乗り越えてくれたこのジンの話を読者の皆様にお届けしたいと思います。


皆様初めまして。南の月です。

数ある書籍の中からこの『ライブラリアン　本が読めるだけのスキルは無能ですか⁉』を手に取っていただきありがとうございます。

カバーのコメントにも書きましたが、ライブラリアンは私が初めて書いた小説です。

WEB小説という物を初めて知り、こんなに多くの人が小説を書いているのなら、私も書いてみようと最初は気軽な気持ちで始めました。

書き始めると考えるべきことが沢山あり、書けば書くほど小説を書くのって大変だと実感するわけなのですが、最初に躓いたのは、名前です。

どうやって名付ければいいのか全くアイデアが出ず、たった22行（ＷＥＢ版での行数です）で躓きました。

国の名前、人の名前。それだけでなく、書き進めるほどにライブラリアンの世界特有の植物の名前ですとか、魔物の名前ですとか……。当たり前ですが、あれもこれも名前つけなくてはならないと気づき、途方にくれたものです。

特に最初の方はたった1話更新するだけでもたくさんの名前をつけねばならず、こんなに苦労するものだとは想像もしていませんでした。テルミスが地理を学び始めた時なんて……領地名に山や川の名前と名付けの大発生。かなり頭を悩ませました。

娘が寝静まった夜、ポチポチと携帯で小説を書き進めながら、名前をどうしようと悩んでいますと、何かヒントはないかと周りに目を向けることになります。そこで目に入ってきたのが、花瓶がわりに使っていたTHE BOTANISTと言うジンのボトル。

このジンは、スコットランドのアイラ島と呼ばれる島で作られたジン。私はお酒に詳しくはありませんが、ウィスキーがお好きな方はよくご存じの蒸留所で作られているらしいです。

このジンの特徴は、冒頭でもお話しした通り多くの植物を使っていること。

ジン作りの伝統的な9種の植物に加え、アイラ島内で採取された22種もの植物を使用しているらしく、ボトルはこのアイラ島で採取された22種の植物名が全面に入ったデザインになっています。

夫がこのジンを愛飲しているので、定期的にこの空瓶が出る我が家では、これを花瓶がわりに使っています（お酒の瓶というは、重心が低く重いので倒れにくい。口もすぼまっているので、活け方に自信がなくても活けやすい。花瓶に最適な形だと思っています）。

どうにも名前が思いつかない時は、花瓶がわりのボトルを引き寄せて、植物名を読みながらぶつぶつ唱えます。ちなみに一番上に書かれている植物名は、TRIFOLIUM REPENS。

つまり、トリフォとかトライフォ、リウムなど名前のヒントが欲しいわけなので正式な発音などでは全くなく、使えそうなところをぶつぶつ唱えます。もうおわかりでしょうが、そんな感じでTRIFOLIUMからトリフォニア王国の名前は決まりました。

ちなみにREPENSの方も本編ではほとんど出てきませんが、少し変えて隣国の名前として使われています。他にも何個かこのボトル発の名前があるので、ジンがお好きな方は、飲みながら探すのも面白いかもしれません。

余談ではありますが、冒険者ギルドに行く前にテルミスが花を活け替えるシーンがあります。白のストックと黄色のオンジシウムからピンクのストックとレモンイエローのカーネーションへ活け替えです。

この花も執筆当時我が家でTHE BOTANISTのボトルに飾られていた花です。

スーパーの片隅で売られている298円の花。それが、このシーンの花なのです。

あとがきを書いている現在、私は1巻の初回校正を終え、2巻の原稿を準備しているところ。

私の原稿に赤が入り、少しずつ修正していくたびに、表紙や挿絵のテルミスを見るたびに、この小説に色がついていくようです。

イラストの力は絶大で、私の中では、HIROKAZUさんの描いてくれたテルミスがもうテルミスとして定着しており、小説を書いている時もHIROKAZUさんのテルミスを思い浮かべながら書いています。

いろいろな人の手を経て、私の書いた物語がこんな風に形になるなんてTHE BOTANISTの瓶を見ながら、名前に悩んでいた頃には思いもしなかったことです。

書籍化のお話をいただいた時、本を作るのは最高に楽しい、楽しんで作ろうといったことを編集の結城さんから聞いたのですが、こうやって物語が少しずつ形になっていくのは本当に楽しいことでした。

読んでいただいた読者の皆様にとっても、楽しい本になっていたら嬉しいなと思います。


最後に、THE BOTANISTを提供してくれた夫、テルミスが活ける花を選んでくれた娘、本当に書籍化!? と自信のない私に「面白い」と励まし続けてくれた編集の結城さん、素敵なテルミスを描いてくれたHIROKAZUさん、WEBでテルミスの成長を追いかけ応援してくれた読者の皆様、この本づくりに携わっていただきました全ての方に、お礼を申し上げます。

南の月

EARTH STAR
LUNA

ライブラリアン①
本が読めるだけのスキルは無能ですか!?

発行 ―――― 2023年11月1日　初版第1刷発行

著者 ―――― 南の月

イラストレーター ―――― HIROKAZU

装丁デザイン ―――― 石田隆（ムシカゴグラフィクス）

発行者 ―――― 幕内和博

編集 ―――― 結城智史

発行所 ―――― 株式会社アース・スター エンターテイメント
〒141-0021　東京都品川区上大崎 3-1-1
目黒セントラルスクエア　7F
TEL：03-5561-7630
FAX：03-5561-7632

印刷・製本 ―――― 中央精版印刷株式会社

ISBN 978-4-8030-1856-1